絶望令嬢の
華麗なる離婚
2
～幼馴染の
大公閣下の溺愛♡が
止まらないのです～

主な登場人物
エリザベス・
ティア・ロッテバルト
嫁ぎ先の侯爵家で不幸な最期を迎えた女性。気付くと、もう一度人生をやり直すチャンスを得る。二度と同じ結末を迎えないために、自分だけが持つ記憶を武器に新しい未来を切り開こうと奔走する。
カイル・
リューベルハルク
エリザベスの幼馴染で、優しく穏やかな青年。現在はリューベルハルクの大公閣下。エリザベスが嫁いでからもその身をずっと心配していた。

デルフィーヌ・
ロゼリア・ローズベル
エリザベスの母で、
社交界では薔薇の中の
薔薇と呼ばれる美女。
商才があり、没落寸前
だった実家を女手一つ
で立て直した。
ダニエル・
ドニ・ローズベル
エリザベスの父。
商業の神の加護を
得ていると噂され
るほど事業の天才。
ナイジェル・
イルクール・ド・
リリエンタール
リリエンタール
王国の王太子で
カイルの従兄。
カイルとよく似た
端正な顔立ちで、
人たらし。

Contents

絶望令嬢の華麗なる離婚

～幼馴染の大公閣下の溺愛♡が止まらないのです～

2

高槻和衣

イラスト
白谷ゆう

これまでのあらすじ

家の事業のため、侯爵家に嫁いできたエリザベス。政略結婚とはいえ、式を挙げた翌日から夫のアバンは幼馴染《おさななじみ》の愛人アリスを屋敷の中に招き入れた。

屋敷の使用人たちにすら虐げられたエリザベスの最後の希望は、白い結婚の3年間の継続による婚姻解消。幼馴染で太公閣下のカイルからの手紙を心の支えに必死に日々を送っていたが、アバンの卑劣な罠に嵌《は》まり、乙女の証と命を無残に散らすことに。

しかし、次の瞬間、エリザベスは結婚直前の王都へ向かう馬車の中にいた。

不思議な奇跡により人生をやり直すチャンスを得たエリザベスは、3年間の記憶を武器に最悪の状況を切り開こうと屋敷の大改革に乗り出す。さらに、アリスが勝手に開いたお茶会では圧倒的な格の差を見せつけ、王室恒例の舞踏会ではエスコート役を買って出てくれたカイルの助けもあり、アバンの罪を暴き、当主の座から下ろすことに成功する。

庶民の祭り、妖精祭では変装してカイルと共に祭りに参加。帰りの馬車で、自分のプレゼントした指輪に熱烈なキスを贈るカイルを目撃してしまい、その想いを知ることに。

そんな中、帰省したロゼウェルではカイルが先回りしてエリザベスをお出迎え。両親の前でプロポーズと取れる言葉を告げてくるカイルに、タジタジになってしまい……。

1章　ロゼウェル到着

自分の事業に関しては王都の支店とのやり取りが主なため、バカンスまでにあらかた片付けてある。こちらの方では本店の商会長と数回顔合わせに赴く程度の仕事しか残らず、マリアに説明した通りそれ以外はゆったりと体を休め、羽を伸ばすはずだった。

……そう、はずだった。

昨日新たに請け負った街道事業の一端、辺境伯家主催の茶会の準備と到着した当日に仕事が増えたため、王都にいる時とあまり変わらない仕事量に戻った私を見て、すっかりマリアがおかんむりになっている。

「マリア、無理はしないって約束は守るから機嫌直してよ。実家で過ごしているぶん気も楽なのよ」

「もう、デルフィーヌ様と旦那様はバカンスというものがなんなのか、今一度きちんと考えていただかないとなりませんわ！」

私と母、どちらも奥様になってしまうから、母の方を名前で呼ぶことにしたらしい。

母の名はデルフィーヌ・ロゼリア・ローズベル。若い頃は王都に居を構える伯爵家の令嬢で、名前も伴い薔薇《ばら》の中の薔薇と讃えられた美貌の淑女。

私と似ている紫の瞳、毛先にいくほど赤みの強くなる絹糸のようにしなやかな白金《プラチナ》の髪は、朝霧に濡れる薔薇とも讃えられる。その美しさは今もなお変わらぬまま。

そんな母が女手一つで立ち上げた商会が大成功し、美貌よりもその商才に惚れに惚れ込んだのが私の父だ。

父はダニエル・ドニ・ローズベル辺境伯。令息時代、母を知るまで気にもかけなかった王都の社交界。母を目当てにこのロゼウェルから王都へと、母に会うためだけに足繁く通い始め夜ごと繰り返される熱烈なアプローチにとうとう美貌の伯爵令嬢は陥落しその手を取った……と、そこだけを聞くと壮大なラブロマンスに聞こえる2人なのだけど。

娘の私から見ても容姿は平凡、凡庸《ぼんよう》な見た目のお父様に陥落した理由はやはり、商売の神の加護が付いたと言われる稀なる商才と、ローズベルク領の諸国の船が行き交う大きな港を見て無限に広がるビジネス展望に魅了されたからだとか。

事業を展開することがあの2人には息をするかのように当たり前のことなので……。商家に生まれるべきだったのではと言われるほど、貴族らしさがない両親なのよね。

だから、9割9分9厘、あの2人の間にラブロマンスというものは存在してないらしい。恋愛経験値はもしかすると私より低そうなのよ。きっとカイルのことを相談しても全く参考にならないだろうから最初から諦《あきら》めている。

夫婦仲はとてもいいのだけれど、ビジネスパートナーとしての側面の方が強いのよね。お互いに苦手分野と得意分野がはっきりされてるから、常に助け合っていらっしゃるし。

そうなると私が生まれたことは、天文学的な数字上に展開したラブロマンスのかけらの奇跡ってことなのかしら。

バカンスシーズン中、ロゼウェルに立ち寄っている貴族の中で朝から晩まで働いているのはローズベル辺境伯界隈《かいわい》だけですわ、と嘆くマリアを申し訳ない気持ちで眺《なが》める私とカイルだった。

◆◇◆◇◆

バカンスシーズンなのでホテルのホールを借りたり、貸し出されている別荘やサロンを使ったりと数人から数百人までさまざまな規模の夜会や茶会が開かれる。

人や物も流量が増えるので市井《しせい》もかきいれ時を逃すわけもなく、市場が開かれ、店や通りも祭り騒ぎでロゼウェルの街は昼も夜もないほどにぎやかだ。

それに伴いロゼウェルを含むローズベルク辺境地の領主である我が家には、毎日数えきれない数の招待状が舞い込んでくる。

それをローズベル家が主催するお茶会の招待客選定の合間に、出るべき夜会やお茶会を決めながら自分たちそれぞれの事業のスケジュールの調整もこなしていかなければならない。

実業家としては指折りではあるが貴族としてはへっぽこな部類の両親に押し付けられる形で、カイルと私は書類と手紙の山と格闘している最中だ。適材適所とお母様は言うけれど私は王都歴、社交歴どちらもわずか半年でしかない。言うなれば両親よりはまし、な程度の初心者なのでカイルに頼りきりなのです。

「マリアったらバカンスは休むものですと顔を合わせる度に言うけれど、正直なところ連日連夜に夜会を開催したり参加したりするのって全然休めてない気がするのよねぇ……社交って完全に遊びではないし、遊びでも連日はちょっときついと思うの」

そんなことを呟《つぶや》きながら手を付けているのは、私がホストで開催することになったお茶会。王都から来ている令嬢や夫人たちが主な招待客なので、王都の社交の場で顔を合わせたことのある方々ばかり。それに加えて辺境で暮らす当家の家門の令嬢たちも家格や事業の関係を考えながら招待客としてリストに入れていく。

もちろんバカンス中のイベントとして招くものだから気楽で、招待側の準備に手間暇をかけないように考慮したカジュアルな内容のお茶会にするつもりだ。王都での伝統的な形式より、この地方らしさを前面に出そうと思っている。

王都の侯爵邸では親しくなった令嬢や夫人を私のサロンに招いて小さなお茶会を開く程度はしていたけれど、この規模での開催は初めてなので失敗はできないから気が抜けないわ……。

「確かに、社交を息抜きと言える夫人や令嬢たちの胆力はすごいと思うよ。まあ、社交活動せずでも家族や子供たちのために動いている親御さんも休めてるとは言い難いから、気の持ちようなんだろうね。仕事に使う時間も家族と過ごせるのは、その忙しさもご褒美《ほうび》かもしれないし」

私の声に、招待状の宛名を確認していたカイルが顔を上げながら言葉を返す。

確かに忙しくても家族との時間が取れるだけで気分が落ち着くというのは、ロゼウェルに戻ってきただけでかなり解放的な気分を味わっているから理解できる。

「ビジネスを広げ、育てることが普段の生活の一部みたいなお父様たちにとっては仕事自体がバカンスみたいなものでしょうね……そのお父様がまさか主催の夜会やお茶会の話を切り出したこと自体驚きなのだけど」

年に数回義務的に夜会をお開きになってはいたけれど、商売的に繁忙期と言われるこの時期に開くのは初めてのことだ。

「街道事業は王都とここ、そしてその間の土地を領地に持つ貴族たちの協力が欠かせないしね、それに帝国との国交を結び付けたことで、近隣の諸外国の貴族との折衝も増えただろうから」

「なるほど、確かにそうね。お父様、お母様と顔を繋《つな》ぎたいと私も王都の貴族の方々にお願いされているし」

『…………君のためだよ』

と、呟いたカイルの声はとても小さくて、書類をめくる音にかき消されて私の耳には届かなかった。

◆◇◆◇◆

昼は会合、会議、茶会の支度に舞い込み続ける招待状への礼状書きと忙しく動き、夜になればドレスを纏って招待された夜会をいくつか梯子《はしご》する。それら全てに付き添ってくれるカイルにはもう文句なんて言ったら罰が当たりそうなくらい迷惑をかけ通しになるから、エスコートもあらためて私からお願いした。

今夜は海沿いにオープンしたホテル主催の夜会からスタート。辺境伯家の紋章を掲げた馬車に乗り、カイルのエスコートを受けて会場へ入れば、会場にざわめきがさざ波のように広がっていく。

「リューベルハルク大公閣下、ロッテバルト侯爵夫人、名高いお2人に参加していただけるとは一生の誉《ほま》れですぞ」

このホテル最大の出資者でありオーナーとなった侯爵家の当主は、恰幅《かっぷく》のいい太鼓腹を機嫌よく揺らしながら近づいてくる。

「素晴らしい立地に相応《ふさわ》しい美しい建物だ、昼の絶景もそのうち味わわせてほしい」

「それはもう。閣下のお望みであれば、いつでも最上級のお部屋を用意してお待ちしております」

それはもう滑らかに紡がれるカイルの社交辞令。私もしっかり覚えないと……ッ、と心の中で意気込みつつ2人の話術を顔に笑みを貼り付けながら拝聴する。カイルとの話が終わり私の方へオーナーが顔を向けたので、笑みを深めてから膝を折り、カーテシーで挨拶《あいさつ》した。

「今日は父と母の名代《みょうだい》として参加させていただきましたわ。どうしても外せない用事があって両親とも侯爵様にお会いしたかったと嘆いておりましたの、どうぞよしなに。我が家の夜会にお顔を出してくださいませ」

無礼を詫びて相手を立てる。そして夜会の招待に応じる旨を聞いて今夜最初のミッションの成功を知る。

「では、今夜は楽しませてもらうよ」

カイルがさりげなく会話を切り上げてくれ、私の手を引いてホールの奥へ移動する。一曲踊れば義理立てになるとのことで、そうしてから次の夜会へ行く算段だ。

ちょうど前の曲が終わり、新しい曲の前奏の美しい調べが広がり出すと、ホールの中央に辿《たど》り着いたカイルは足を止めて私に向き合い距離を詰める。差し出された手に手を重ね、背を支えてくれる彼の腕に身を預けるようにしてダンスが始まった。

カイルが視線を集めまくることはそろそろ慣れてきたので、笑顔でスルーできるようになった、と言うか回を重ねる度に複雑なステップを混ぜてくるカイルの足さばきへの対応に忙しくて考え込む暇がないの……ッ。

頑張ってしまう負けず嫌いな自分が恨めしい。

今回も引き分けに終わったけど、息が上がって呼吸がつらい。流石《さすが》にこのまま次の夜会へ移動するには喉が渇きすぎたので、息を整えるまで休憩をとることにしてもらった。

近くにいたボーイから冷えたシャンパンを満たしたグラスを受け取る。のんびりと琥珀《こはく》の液体から生まれる小さな泡を見つめながら、味わい、喉を潤していく。

そんなことを楽しんでいただけなのに。

「あ〜眩暈《めまい》がして立っていられませんわぁ〜〜〜っ」

と、まるで子供のお芝居のような棒読みのセリフを告げながら、一人の令嬢が私たちに向かって突進してきたのだった。

ふらついて躓《つまず》きこちらに倒れ込むような素振りなのだろうけど、足元がステップを踏むような動きで軽やかにさばかれ、確かな目標に向かって移動していることをなんとなく察してしまうが……かと言って鍛えられ訓練を受けた騎士のようにとっさに動けるわけもなく、私は向かってくる令嬢をただ見つめるだけしかできない。

一瞬、その令嬢と視線が重なった。

その瞳を三日月のように形を歪ませ、狙った獲物に向かうような勢いで足をもつれさせた素振りなのか、手にワインの入ったグラスを持ちながら体を横にくるくると回るようにして向かってくる……――。

目を回さないのかしら……。驚いて体はろくに動けないのに、変に冷静になっている脳の片隅でそんなことを考えてしまったその時。

顔見知りらしい貴族の男性から話しかけられ世間話に応じていたためか、カイルがその令嬢に気付いて声を上げた時には、令嬢はもう私のすぐ目の前。危ないととっさに腕を引かれたけれど、まるで狙ったかのように令嬢の指から外れたワイングラスが私へ向かって飛び込んできた。

「リズ……ッ！」

指から放たれたグラスは緩《ゆる》い放物線を描いて、赤い液体を湛《たた》えたまま私のドレスに当たる。

勢いはさほどなかったけれど、それはドレスをワンクッションして鮮やかな赤を私のドレスに広げながら床へと転がり落ち、カシャン、と硬質な音を立てた。


ほんの一瞬、刹那《せつな》。


切り取られたような空白のあと、今度はざわめきが加速しながらホールを満たした。私はカイルに肩を抱かれたまま、赤く染まったドレスを呆然《ぼうぜん》と見つめている。人間、突然予想もしないことが起きると脳の動きが止まるってこういうことなのね……。

だって、アリスだってここまで派手にお酒を浴びせてきたことないんだもの。

「君、大丈夫か？　君」

「お嬢さん、気を確かに」

ああ、そうだったわ。（一応）よろけて倒れた令嬢はどうなったのかしら。

件《くだん》の令嬢は私とカイルの横を通り抜けた先にいた恰幅のいい男性へ盛大にぶつかったようで、そのまま弾かれて床に転がって目を回していた。

周りにいた人たちが彼女を囲んで声を掛け介抱してるようで少し安心する。床に横たわったままなのは少し心配だけど……私の視界に映るのはダークブロンドの巻き毛、この場にいるということは貴族か裕福な商家の娘さんだろうし身なりもちゃんとしているけど、私と同じくらい？　……少し年下かしら。

こんな騒ぎになっても彼女の身元を保証する大人が現れないことに首を傾《かし》げてしまう。

「……リズ、怪我《けが》はない？」

「……え？　うん、私は大丈夫だけれど……ドレスが。これじゃ一度着替えに戻るしかないわね」

ワインなので落ちるかしら……染《し》みにしたくなかったから、万が一を考えて色味のある食事や飲み物を避けていたのになあ。

舞踏会の時お披露目したドレスと一緒に作った、白から裾へ向かって蒼が深くなるグラデーションの夏らしさのある涼《すず》しげな色のドレス。夏向けなので裾を引きずるほどの長さはないが、王都の舞踏会の時のものに似た帝国風のマーメードラインのデザイン。

私の髪の色に合わせた色合いで裾に銀糸で縁どるように刺繍《ししゅう》が施されているから、裾が揺れる度にキラキラと光を弾いて瞬く星を纏っているようでお気に入りだったのに。

今は鮮やかな赤が足されて、なかなかのトロピカル具合……そうじゃなくて。

騒ぎを聞いて、ホテルの使用人たちも集まってくる。やじ馬をかき分けて青い顔をしてこちらに駆け寄ってきたのは、先ほど挨拶をしたホテルのオーナー。私の汚されたドレスを見て気の毒なほど青ざめたまま大きなお腹をプルプル震えさせ、膝から崩れそうになっている。

そんな風に皆がバタバタしている間、カイルがジャケットを脱ぐと一番汚れている腰元を隠すようにそれを巻いてくれた。

「……ありがとう、でもあなたの服も汚れてしまうわ。ワインの染みってなかなか落ちないのよ？」

「詳しいんだね。……構わないよ、ジャケットよりも君の方が大事だ」

カイルの言葉にドキッと胸が跳ねた。

大事だと言われた甘酸っぱさより、今の世界では洗濯などするはずもない私がそれを知っていることを彼がどう思うのか。私の秘密を彼なら少ないヒントでも、見抜いてしまいそうで不安が心に広がった。

「じ、侍女がそう愚痴《ぐち》っていたのを聞いたことがあるのよ。お家のお父様がワインを浴びたとかで……」

会ったこともない侍女のお父様に濡れ衣を着せながら早口で言い訳を告げていけば、カイルはふぅん……と興味なさげに聞いていたので、意識して問うたわけではなさそうでホッとする。

急いでローズベル本邸に戻って着替えてこないといけないわねと、それでも話を無理やり切り替えてホールから退場しようと踵《きびす》を返した。ちょうどその時、男性に激突して弾かれた衝撃で伸びていた令嬢が目を覚まして起き上がる。転んで伸びるところまでは予定になかったのか、周りを囲むやじ馬に狼狽《ろうばい》しながら視線をあちこちにさまよわせているけど、私かカイルを探しているのかしら。

『気が付いたぞ』

との歓声に思わず振り返ってしまった私が悪いと思う。伸びていた令嬢が立ち上がり私たちに向かって歩き出すから、つい足を止めてしまったのも、危機感がないって怒られても仕方ないわ。

「あ、あの……ッ」

人垣から飛び出してきた令嬢が私たちの前に立つ。カイルが私を守るように、その令嬢と私の間に身を割り込ませた。

「謝罪なら結構だ。侯爵、床の汚れやこの騒動で損害が出るようなら、私の元へ請求を回してほしい」

令嬢を無視した形でオーナーである侯爵に損害賠償の話が出るなら自分の元へ持ってこいと告げれば、侯爵は滅相もないと首を振って必要がないと全身でアピールした。

「いいえ、あの、本当にごめんなさい。私、お酒飲み慣れてなくて……」

焦りなのか本当に悪いと思っているのか、カイルに無視された令嬢は涙ぐみながらカイルの背の向こうにいる私へ視線を向けると、そのまま頭を下げてきた。

肩を落とし、しゅんとしたまま観衆の中で頭を下げる態度を見ていると、突進してきた時見えた表情はただそう見えただけで、なんの意図もなかったのかと思うくらい気の毒にも見えて。

「誰にでも失敗くらいありますわ。次はお気を付け遊ばして。楽しいバカンスが台無しになるのは皆様も避けたいでしょうし」

ワザとじゃないなら責める気もないので、そう返す。それでおしまいかと思えば……。

「……わ、私、このホテルに泊まっておりますの。だから一時的な着替えも用意できますわ。濡れたままではお体が冷えてしまいますし……その、乾いてしまうと染みがさらに落ちづらくなってしまいますわ、せめてもの罪滅ぼしに染み抜きの下処理、私の手でさせてください」

「結構だという声が聞こえないのか？」

「……カイル、ダメよ。そこまで固辞したら気の毒だわ。せっかくのバカンスなのだからロゼウェルで悲しい思い出は作ってほしくないの」

次の夜会を主催しているのは懇意にしていただいている馴染みのある方なので、予定をずらしてもらえば問題はないと判断する。

「私は本当に構わないのだけど、あなたの気が済むのであればお言葉に甘えますわ。お名前を伺《うかが》ってもよろしくて？」

「はい、あっ……私、私はシーラ男爵家のミリアと申します。ロゼウェルの近くの領地の者ですわ」

「そう、ミリアさんとおっしゃるのね。ようこそ、ロゼウェルへ。私はローズベル辺境伯長子のエリザベスですわ。今はロッテバルト侯爵家に嫁いでいますけど、バカンスシーズンなので里帰り中ですの」

私が名乗るとミリアさんはポカンとした表情を一瞬浮かべた。あら……私のことを知らなかったの？　……なら、あれはなんの茶番だと思ったのは考えすぎだったのかしら。

「侯爵夫人、部屋のご用意ができましたので、どうぞこちらへ。シーラ男爵令嬢は着替えの用意をお願いできますかな」

私たちとのやり取りを聞いていた侯爵が、気を利かせてくれたらしい。

ミリアさんはホテルの使用人を一人連れると、自室へとドレスを取りに行くようで私たちから離れていく。

「カイルは……？」

私を人目から隠すように体を寄せて先導する侯爵のあとを一緒に歩いてくれる。でも染み抜きや着替えをする時間を考えると、一服する程度じゃとても終わらないだろうから問いかけてみると、

「もちろん、同行させてもらうよ」

……と、時間がかかることを分かっているだろうに即答してくれた。

「……着替えるのだけど」

「ろっ……、廊下！　廊下で、待ってる」

ほんの小さな問いかけだったけど、初めてカイルが少しだけ慌《あわ》てて言葉を詰まらせた。

今夜は私の勝ちかしら。いつも彼の言葉や行動にドキドキさせられっぱなしだけど、少しやり返せた気がして控えの部屋に辿り着くまで笑いが止まらず、ずっと肩を震わせたままだった。


ホテルのオーナーである侯爵自らの案内で、控えの部屋に通してもらった。

室内は小さなサロン程度の広さで入口は1カ所、窓がない代わりに明るい照明と白い壁、大きな海辺の町の風景画や観葉植物がバランスよく置かれて息苦しさを軽減させている。

少しざわめきが聞こえると思ったら、空調のためか天井付近の隣の部屋との壁がくり抜かれて繋がっているようで、柔らかな風の流れを感じた。

「じゃあ、リズは中へどうぞ。さっきの娘が来たら外から知らせるから、ゆっくりしていて」

カイルが警戒するように一通り部屋の中を見回ってから私を部屋の中へ通してくれ、入れ替わりに廊下へ出て行く。

「ありがとう……ごめんなさい、カイルも疲れているのに」

扉の傍で彼とすれ違う時にそう声を掛けた。朝から晩まで仕事と社交でお互い休む間もないもの。

「僕は大丈夫、それなりに鍛えているから」

そうだ、馬車で10日の距離を単騎の早駆けだとしても5日で走りきる体力のある腕力ゴリラ様だったわ。……まあでも、気遣いたくなるのは仕方ないじゃない？　今の彼の忙しさの大半って、私に付き合って動いているせいだし。

申し訳なさを感じながらも、こんな姿をいつまでも彼の目に晒《さら》しているわけにもいかないので扉を閉めて部屋の中へ進んでいく。一人になったところでカイルが腰に巻いてくれたジャケットを外し、ソファに腰を掛けながら彼の服の方に染みが移ってないか確かめるように広げた時に気付いてしまう。

……カイルったらいつの間に前大公閣下《おじさま》より大きくなったのかしら。小さな頃は私の方が少し大きくて、カイルは私と並ぶ時はこっそり爪先立ちで背伸びして立っていたのになぁ……。

ジャケットの肩幅を眺めながらぼんやりそんなことを考えているうちに、いつの間にかそれを胸の中に抱きしめていた。彼がいつも身に纏う香水の爽やかな香りに満たされてすっかり意識が過去へ向いたままだったから、廊下からミリア嬢が戻ってきたと告げるカイルの声に思わず飛び跳ねるような勢いで立ち上がってしまった。

——は、恥ずかしい……誰も見てなかったわよね？

誰もいないはずの室内をきょろきょろ見回しながら、彼のジャケットを皺《しわ》にならないように軽く畳んでからソファの背もたれに掛けた。

「リズ？」

「ええ、大丈夫。入っていただいて」

呼吸を整えて跳ねる心臓を落ち着かせる。私の返事を合図に扉が開いてドレスを抱えたミリア嬢が不機嫌そうなカイルに気圧《けお》されているのが見て取れるほど、おどおどしながら入ってきたので『若い女性を睨《にら》みつけたらダメでしょ……ッ！』と目で訴えるように、扉越しにカイルを見つめてから彼女の方へ視線を戻して微笑みかけた。

「僕は廊下にいるから、何かあれば叫んで」

ソファから腰を上げ彼女を迎えに行けば、扉越しにカイルがそんなことを言うから、大丈夫よ、と返し彼女には中へ入るよう促した。染みを隠すように腰に巻いていたカイルのジャケットを外したあとだったから、ドレスを派手に彩るワインの染みを見てミリア嬢が一層青ざめてしまう。

「じゃあ着替えお借りするわね。申し訳ないのだけど、背中の紐《ひも》を解くの手伝ってくださる？」

「……これだけはどうにも一人でできなくて」

気にしないで、と微笑んで見せてから後ろを振り向き、貴族女性なら誰しも感じたことのあるドレスの着脱のしづらさに困っていると振る舞い、場を和《なご》ませる努力をしつつ、背中のそれを解いてもらう。

「ありがとう。じゃあ着替えてくるから、そこのソファで寛《くつろ》いでいらして」

「え？　お手伝いしますよ」

「大丈夫よ、このドレス、見た限り背中が大変なことになっていなさそうだし」

前の生の記憶のおかげか、洗濯の知識もあれば着替えも一人でこなせるのよね。

家《う》の使用人《ちのこ》たちならともかく、初対面のしかも貴族女性にそこまでしてもらうのは忍びないし……。

なのでお手伝いは断って、衝立《ついたて》の向こうに移動して着替え始める。

きっと下処理をしたところでこの染みは完全には落とせないだろうなあと脱いだドレスの染みを眺めてから、それを衝立にパサリとかけた。

ドレスを着る手順を考えていると背後から絹を引きずる音が耳へ届き、思わず視線を向けると衝立の向こうからたぶんミリア嬢が脱いだドレスを引きずり落とそうとしているようだ。

「あ、あのミリアさん？　やっぱり完全に落ちそうにもないから染み抜きの処理は……」

下着姿だったけど女性同士だから問題はないだろうと踏みつつ、慌てて衝立の向こうにいる彼女の元へ向かい染み抜きをする必要はないと告げていく。せっかくのバカンスなのに、そんな手間で時間をつぶしてしまうのもやはり申し訳ないもの。

「い、いいえ、ほんとに大丈夫だから、私に任せてください！　一晩だけお借りします！　綺麗《きれい》にして返しますから！」

ドレスをしっかり抱き込んで離すまいとしている必死さに、少し違和感を覚えてしまう。

「あのね、落ち着いて聞いてちょうだい。ドレスを仕立てた職人に相談すればきっといいアイデアを出してくれるはずだし、廃棄するわけじゃないのよ……ね？」

「私がやるって言ってるでしょ！」

だからドレスはこちらにと差し出した手を振り払われた途端、私はバランスを崩して後ろ向きに倒れていく。

「……え？　ちょッ……ぁ……きゃあっ！」

床に倒れる痛みを思い出しながら身構えたけど倒れた方向がよかったのか、ぼすん、と柔らかな感触が背を覆い、ソファに倒れ込んだことを知る。そして私の声を聞いたカイルが間髪入れずに扉を開け、部屋の中へ飛び込んできた。——やだ、私、驚いて悲鳴上げちゃってた！

「リズ！　大丈夫か……おいっ待て！」

部屋に入ってすぐに私の姿を探すようにして足を止めたカイルの脇をすり抜けて、ドレスを抱えたミリア嬢が駆け出していった。

カイルは私の元に来るか、彼女を追うか一瞬迷いを見せたあとすぐ、私の救出を選択して部屋の奥——ソファに腰を下ろしたままの私の元へ——駆け寄った。

ちょうど私は扉に背を向けている傍のソファに倒れ込んでいたから、ソファセットに近づかないと私の姿はカイルには見えない。足音が聞こえたから、自分の状態も忘れたまま思わず反射的に顔を向けてしまう。そこには心配顔で青ざめているカイルがいて、彼と視線が重なり合う。

そして、私の顔を見て強張っていた顔が少しばかり緩み安心したような笑みを浮かべたあと、カイルの表情が突然固まった。コロコロ変わる彼の顔を不思議な気持ちで眺めていれば彼の視線が少しだけ下に降り、一気に耳先まで真っ赤に染まり切ったのを見て思い出した。

……………そうよ私、下着姿のままじゃない！！！

「きゃぁあああああああっ！」

本気の悲鳴ってかすれて音にならないことを今夜知りました。姿の見えなかった私を慮《おもんぱか》っての行動だと理解しているのだけどね！

「済まない。その、決して覗いたわけじゃなくて……実際見ているのだけど、それは……その」

「いいから後ろを向きなさい！」

真っ赤になったまま、しどろもどろに動揺しているカイルに大きな声で後ろを向けと命じると、まるで騎士のようにくるりと踵を返す。

カイルの視線が外れると私は衝立の向こうに走り込んで、置いたままになっていた着替えを急いで身に付けた。

着替えを終えてそっと衝立から顔を覗かせると、カイルはソファに座ったまま体を丸めるよ

うにしながら頭を抱えていた。

なんか、その……ごめんなさい。

私もどんな顔をして出ていいのか分からなくて衝立の陰から出て行くのにかなりの時間が必要で、結局その後の夜会はキャンセルすることになってしまった。

◆◇◆◇◆

「……そう言えば、あの娘のあとを追わなくてよかったのかい？」

あの部屋で互いが復活してから最初に話したのは、カイルの脇をすり抜けるように部屋から飛び出した彼女——ミリア嬢のこと。

「ホテルオーナーの侯爵様に聞いたけど、あのあと自分の部屋で閉じこもっているそうだから、明日家の者へ様子を窺《うかが》いに向かわせようと思うわ。侯爵様にもホテルの使用人の方々へ彼女のことを気に留めておいてもらうようお願いしたし。私たちが気にしないでいいと言っても、爵位的な圧力を感じてしまったのかもしれないから、しばらくは放っておいてあげた方がよさそう」

今はローズベル本邸に戻る馬車の中だけど、対面に向き合って座っているのに視線は左右逆に外しあったままでまだ少し気まずい。

「でも少し気になることがあったので、家に戻ったらホテルへうちの騎士を送ろうと思うの。ドレスのこともそうだけど、あの子を少しの間観察していてほしくて」

「君が何か感じたのなら、それに従うといいと思う。何もなかったとしてもそれが分かるだけで安心するだろうし」

「何もなければそれでいいのだけど」

そうしてあの部屋での出来事は暗黙の了解として互いの心の中へとしまい込むことにした。まだやるべきことばかりなのだから、ギクシャクしていられないもの。

私がホストを任されたお茶会の日まであと少し。

新たな客が舞い込むのも、あと少し。

◆◇◆◇◆

翌朝、マリアから起こされる前に寝台から起き出して身支度を整えた。

夏の日差しが差し込む窓の向こうの空は、私の心とは裏腹に抜けるような快晴。カイルの瞳の色を思わせる空の青を見て小さくため息をつきながらも、気まずい心をどうにか奮い立たせながら朝食をとるために本邸の食堂へ足を向ける。

いつもより早い時間だからカイルには出くわさないはず。……たぶん。

こういう時こそしっかり食べて気力と体力を補充しないといけないわ、なんて考えながら食堂に入れば心から歓迎できそうにない客人がお母様と並んで座っていらした。

……今からでも引き返そうかしら。

と思ってみたもの、食堂へ近づいた際使用人たちが私の朝食の用意をするために料理長の元へ向かってしまったし、扉を開けたことでお2人の視線が私に集中したので、ここで引き返すわけにもいかないと止まりかけた足を動かして食堂の中へ入っていく。

「おはようございます、お母様。叔母様もいらしてたのですね」

「おはよう。今日もいい朝ね、リズちゃん」

母の笑顔に頷《うなず》きで返し、叔母にもお久しぶりですと挨拶を済ませてそそくさと自分の席へ腰を下ろす。私の挨拶に返事もしない叔母は、どうやらご機嫌が急角度で斜め上らしい。

母の前だから私への言葉を呑み込み黙っているワルド子爵家のテレーズ叔母様は、夫を伴わずの里帰りなど出戻りのようでみっともないと言いたげなお顔をはっきりと浮かべていらしていて、正直食欲が気力と共に走り去ってしまいそうだった。申し訳ないのだけど、私はこの叔母が好きになれない。前の世界の前侯爵夫妻に性質がよく似てるから、余計に。

私もそれなりの経験を得て胆力が付いたから叔母様の不躾《ぶしつけ》な素振りにも顔色を変えることもなく、素知らぬ顔で並べられた料理に手を付け始めた。

ああ……ロゼウェルの新鮮な魚介料理、朝から美味《おい》しすぎる……。新鮮なサーモンとエビ、瑞々《みずみず》しい葉野菜に柑橘系の果汁を利かせたチーズソースをかけたサラダ。大好物なのを料理長が忘れずにいてくれていたと気付いて嬉《うれ》しくなるわ。このローストして砕いたナッツを混ぜ込んでるのがいいのよ、食感が楽しいのよね……。

日持ちと距離の関係で王都では味わえない鮮度抜群の贅沢《ぜいたく》な海の幸を朝から堪能していると、侍従がそっと食堂へ入ってきて母の元へ向かう。

「お食事中申し訳ありません、奥様。リンデン商会の会長様が奥様に急を要することがあると面会を求めているのですが……」

「あら、そうなの？　分かったわ、すぐ向かうと伝えてちょうだい。リズちゃん、テレーズ様はどうぞゆっくり食べていらして」

お母様、私も一緒に行きたいですぅ！　……という心の叫びをどうにか押し殺して、行ってらっしゃいませと返事を向けながら母を見送り、食事を再開する。

「ところでエリザベスさん、昨夜は体調不良で夜会を欠席されたと聞きましたわ」

……もう！　食事が終わってからにしてくださらないかしら。

母が食堂から出て行けば、待っていたとばかりに先に食事を終えていた叔母様が口を開く。

仕方ないので手にしたカトラリーをテーブルに戻して、叔母様へ顔を向けた。

「……ええ、気分が悪くなってしまって、やむを得ず欠席してしまいましたわ。お詫びの手紙をこれから出してきますの」

「侯爵夫人として気構えが足りないのではなくて？」

まあ……〝カイルに下着姿を見られて恥ずかしくて動けなかった〟が事実だから言われても仕方ない気がするけれど、仕方ないじゃない？　男性にそんな姿晒すなんて本当あり得ないことだったのだし、あれは気構えでどうにかなるものではないと思うのだけど。

叔母様は知らないことだから言い返すことができない……。それに言い返すと10倍くらいになって戻ってくる人だし、あんな真実なんて知られでもしたら10年くらいしつこく言い続けられそう。このままだといつまで経っても食事が終わりそうにないので、しおらしく申し訳ありませんと謝ることに決めた。

「それにあなた、いつまで経っても幼子の気分で大公閣下に頼るのはおやめなさい。はしたないことだわ」

「……申し訳ありません」

心を無にして答えよう。もう自動応答モードでいいわ。

やめなさいと叔母様はいつも言われるけれど、改善案なんてもの一切出てこないのは今までの経験からよく分かっていることだし。

「おや、私が彼女へ対して人に言えぬような下心を持ってるとでも言いたいのかな？」

相変わらず神出鬼没なカイルはいつの間にか食堂の扉を通り抜けていたらしく、気付けば私たちの座っているテーブルへ近づいていた。声を張らなくてもよく響く、柔らかなテノールの言葉の矢が問答無用に叔母を直撃している。

「あっ……あら嫌だわ、閣下ともあろうお方が盗み聞きだなんて」

叔母が慌ててカイルの言葉に返事をするが、重ね重ね不躾な物言いをする叔母の言葉に眩暈を覚えるわ。口を開けば失礼なことしか言えない仕様なのかしら……。

「盗み聞きとはずいぶんと人聞きの悪い。私は伯夫人に教えられた通りの時間に会場となっている食堂へ立ち寄ったに過ぎない。潜めてもいない夫人の声が私の耳に届いたことさえ卑劣な行為だとでも言いたいようだ」

カイルといえばそんな不躾な言葉は気にもせずというように、口元に薄い笑みを乗せたまま叔母へ視線すら向けずに言葉を紡いでいる。いけないっ、朝から舌鋒《ぜっぽう》の鋭さが大全開だわ……。

叔母の顔色がどんどん悪くなってる。

「カイル、そこまでにして差し上げて。さぁ、あなたも早く席に着いて食事にいたしましょう？　ほら今日のサーモンも絶品よ。あなたも好きでしょう？」

叔母の肩を持つ気にはならないけれど、機嫌を損ねさせると2人きりになった時また面倒なことが起こりがちなのよ……。カイルの気持ちは分かるのだけど波風立てたくないの。だからお願い、もう黙って、と祈るように声を掛ければカイルはぴたりと口を閉じ、いつものように私の向かいの席へ腰を下ろして給仕された料理に手を付け始める。

爵位や立場も母以上に難癖の付けづらいカイルに不用意な発言をすれば先ほどのような鋭い舌鋒が無遠慮に飛んでくるからか、これ以上何か言われる前にという勢いで叔母もそそくさと食堂から出て行ったので、食堂の中に満ちていた緊張の空気も薄れ、ホッと息をついた。

「ああ、本当に美味しいな。リズの家のシェフの腕は本当に最高だ。我が家に招きたいくらいだよ」

先ほどまでの張りつめていた重々しい空気をかき消すような明るい彼の声が食堂を満たすように響く。カトラリーを操る仕草も流れるように完璧な美しさで、気を抜くとそのまま見惚れてしまいそうになるのは困りものだわ。

あとお願いだから、料理長を引き抜くとお父様が泣き出しそうだからやめてちょうだいね。

そういえば聞きそびれたけど叔母様、なんのご用でいらっしゃったのかしら……？　まあ我が家で夜会を開くなら、あの方がいらしても不思議ではないのでしょうけど……。

詳しく聞いたところでありがたくもない話を聞かされそうだし、目の前の美味しい食事に集中を済ませたあとに考えましょう……と思っていたけれど。気まずさの発端だったカイルが目の前にいるからどうしても昨夜のことを思い出してしまって、他愛もない彼の声や挙動に胸は早鐘を打ち頬が熱を持ってしまう。叔母の小言を聞いていた時以上に料理の味が全く分からなくなったのは言うまでもなかった。


……せっかく早起きしたのに。ちょっと泣きそう。

◆◇◆◇◆

朝食を終えるとカイルは大公家から来た使いと共に出かけてしまったので、一人のんびり仕事でも片付けていようとカイルを見送った正門から踵を返し自室へ戻ろうとしたところ……。

「エリザベスさん、ちょっといいかしら」

……と、背後から待ち構えていたように叔母の声が聞こえて足が止まる。

父母も揃《そろ》って仕事に出かけてしまったから誰にも助けを求められないので、覚悟を決め顔に笑みを張りつかせたまま振り返る。甲高く響く叔母の声が反響する室内は避けたいなと思ったので、中庭の東屋《あずまや》に案内してお茶を振る舞うことにした。

「……そういえば叔母様、本日はどのようなご用向きでいらっしゃったのですか？」

特に話題が見つからないので結局朝に伺おうと思っていた事柄を質問すれば、叔母は大げさな仕草で口元に広げた扇を当て驚きの声を上げる。

「どのようなって……あらまあッ、いちいち説明しないと分からないのかしら？　まったく、お仕事だけご立派では侯爵夫人なんて務まりませんのよ」

没落まっしぐらだった現当主より断然務まってましてよ、口に出さないけど。

だいたい務まるも務まらないも叔母様は伯爵家から嫁いでらしたご令嬢ですし、侍女として侯爵家に奉公していた経歴もないはず。関わったこともないだろう伯爵以上の高位貴族である侯爵家の内政・内情なんて触れたこともないのではないかしら？　何を分かってると思っているのやら……不思議なお方だわ。

「もうじきお茶会と夜会を開くのでしょう？　まったく、そういう時は私に話を通しなさいと何度も言っているのに……そういうところがダメなのよ。サリーナ様もそうだけどあなたは特に、高位貴族としての自覚が足りなくてよ。栄えある王国の貴族としてどのような会を催せばよいのか、私が直々《じきじき》に教えてあげますからね」

あー、やっぱりそれかー（棒）

叔母様はロゼウェルから近い地方都市の街で暮らしている辺境伯家の家門の一つである伯爵家に生まれた方。そして私の父との縁談の話が持ち上がる寸前だったとか。王都に住まう貴族という立場に憧れていた叔母様は辺境の地で一生を過ごしたくないと言いながらも、王家に匹敵する莫大な財産と侯爵に準ずる辺境伯という地位は、虚飾に満ちたある意味貴族らしいものが大好きな叔母様にはそれなりに魅力的には映っていたらしい。

だから我慢して婚姻してあげる代わりにと恩を着せて、結婚後は領地や事業の何もかもを全てお父様に任せ、ご自分は王都に別宅を購入してそこへ住まい、社交活動にいそしむつもりですらあったという。

しかし、田舎の貴族の婚約者の成り手などいないだろうと考えていたのか、正式な申し出もせぬまま浅はかな皮算用してる間に父は母という才能あふれる女神と出会い、仕事以外は昼行燈《ひるあんどん》のようだった父はとんでもない行動力と積極性を見せながら自力で婚約をもぎ取ってしまった。

辺境伯家に嫁ぐつもりで準備をしていた叔母の家からすれば、寝耳に水の出来事。娘の婚期を逃すよりはと父同様に婚約者が不在だった父の弟、つまり私の叔父様との婚約が成立したという話だった。

婚姻して辺境伯家を離れる時、当時の辺境伯家当主だった私の祖父が叔父様へ所持していた子爵位を譲渡してくださったそうなのだけど、そのことも叔母様にとっては伯爵位の実家より爵位が落ちたと不服だったらしいわ。

叔父様は学生の頃からその才を認められ、王宮の文官として召し上げられて王都の中心街で暮らせているから我慢されてるのだそう。

そして貴族らしからぬ私の両親に代わって辺境伯家の尊厳を保っているのだとか。……誰も頼んでないのだけどね。まあ両親からすれば代わりにやってくれるなら願ったり叶《かな》ったりな感覚なのだろうけど……。

伯爵家と言っても地方領の家。後継者候補でもない末娘の二女で今は子爵夫人。社交に熱心ではあるけれど、高位貴族と対等な関係でのお付き合いはなさそうだ。数回、王都のお茶会で見かけた叔母の印象はそんなものだった。

「まったく、あなたも侯爵家に嫁いだにもかかわらず、夫を立てることなく騒動まで起こすなんて。私がせっかく侯爵家との縁談話を形にしてあげたというのに、恩知らずもいいところだわ。侯爵様からご令息の婚姻相手を探していると聞かされて、私には息子しかいなかったから代わりにあなたを紹介してあげたのに、あまり恥をかかせないでちょうだい」

…………え？

初耳なんですけど。私の縁談って叔母様が持ち込んだ話だったの？

確かに……突然、事業でも所縁のなかったロッテバルト侯爵家から縁談が持ち込まれたのは驚いたのよ。ただあの頃は、父の仕事の手伝いを少しするくらいで王都のことなんて何一つ分かってはいなかったし、父がちょうど事業の足掛かりとするための伝手《つて》を探していた時期と被っていたから、そちらの繋がりだとばかり……。どうせ決まったことだから聞いても仕方ないって、家同士で決めた話だからと私も詳しく聞かなかったの。

そのうえ、顔合わせでロゼウェルへやってきたアバンもあの頃はぶ厚い猫の皮を10枚くらい被ってたから、いい人そうだしこの人ならいいかとすっかり騙《だま》されてしまって。

前の世界でも叔母様は叔父様と王都に住まわれていて、侯爵家の令息と縁談を結ぶ相手の相談をするような繋がりがあったのなら……。私がどんな冷遇を受けていたのかも知ることができたのではないの……？

それとも知っていたうえで、知らぬふりをしていたのかしら。

もう知るすべはないのだから考えても仕方ないのに、ようやく穏やかになりだした心が再びざわめきだしたようで苦しかった。

それからあとは、叔母が私に何を言っていたのかも全く記憶に残らなかった。

叔母は反応を見せなくなった私に苛立《いらだ》ち、甲高い声で怒鳴り散らしたあと立ち去ってしまったけれど、私は東屋から腰を上げることができぬまま、戻ってきたカイルが侍女の案内を受けて迎えに来てくれるまで、ただじっとそこに座り続けていた。

私を見つけ駆け寄ってきてくれたカイルが心配そうに顔を覗き込んで『今にも死にそうな顔をしている』なんて呟くものだから、

「『今』じゃないわ」

って思わず返してしまった。

聡明な彼なら小さな違和感から私の秘密へ辿り着いてしまうのでは……と、あとで思い出してから少し不安になったのだけれど……。私の様子がおかしかったからいつもなら出てこないだろう私の返事も受けとめるように小さく頷いてから、「そう」とだけ返事をくれた。

そして私が動き出せるようになるまで、そのまま静かに隣に座っていてくれていた。……でもどんな慰めの言葉より静かに寄り添ってくれている彼から力をもらえた気がする。……少しだけ彼が悲しそうに見えたのは、明るい夏の陽を遮る影色が濃いせいだったのかしら。

それでも彼のおかげで日が高くなる前に元気を取り戻せた私は、カイルと共に屋敷の中へと戻る。執務室で冷たいお茶を飲みながらカイルが話を始めた。どうやら外へ出かけた用事はミリアさんの動向の確認と、監視をするにしても騎士では目立つだろうからと、そういう仕事に向いている者を大公家の方からわざわざ呼び出すためだったらしい。

「……それで、ミリアさんはどうなされたの？」

彼の仕事と手間を増やしてしまった申し訳なさに眉を下げながら、一晩であのドレスの染みが抜けたとは思えずミリア嬢はホテルでどうしているのかと話を向けた。

どうせあの状況では元通りになるとは思えないのだから染みが取れなくても別に責める気もないし、そのまま私に会うことなく旅行を終えて故郷へ戻ってくれても構わないのだけど……ただ悪いことに巻き込まれてないといいなと思った。旅の途中で出会ったユーリカのように、何者かの悪意で運命を曲げられることがないように願うだけ。

彼女《ユーリカ》の様子はマリアが気にかけてくれているから定期的に教えてくれる。ロゼウェルに着いてからは辺境伯邸の見習いメイドをこなしながら休暇の度に街へ出て求人を出している店を見て、話を聞いて回っているのだそう。

「ああ、報告では、何もせずに部屋の中で大人しく過ごしているらしいよ。今のところ訪問客もいないそうだ」

カイルも私が騒ぎ立てる気のない今の状況では、ミリア嬢を追及しても仕方がない程度の考えなのだろう。あっさりとした報告をくれた。

「使用人を連れてきているわけじゃないのね……ドレスの染み抜きなんて、とても一人でできる作業じゃないし、あの生地の染みを抜くのを一人でしているとも思えないわね。というか、あの子一人でロゼウェルの街にいるのかしら」

私の言葉にカイルが頷いて肯定してくれた。

「一応誘拐の可能性も考えてシーラ男爵家にも事情を聴くために使いを出したよ。今の時点では事件に巻き込まれているような様子もないし、これから起こる可能性も少ないと思う。外側では君の家の騎士たちが、内部から私の手の者が彼女を警護している以上危ない目に遭《あ》いようもないんじゃないかな。この街は治安もいいしね」

シーラ男爵家は騒動のあとで邸宅に戻ってから、父に貴族名鑑を借りて調べてみたところ、確かに存在していた。

ロゼウェルの街から馬車で半日ほどの距離にある、辺境伯領と隣接しているバイカル伯爵領にある町で暮らしているらしい。この距離なら気楽にロゼウェルへ訪れることはできそうだわ。

「ありがとう。いろいろ巻き込んでしまってごめんなさい」

私が頼まずともあらゆる可能性を考えて手配をしてくれるカイルに感謝しながら、面倒ごとに巻き込んでしまったことを謝罪する。いつものように気にすることはないと言いたげな顔で微笑み返してくるから、それ以上の謝罪は飲み込ませてもらった。

話が途切れたタイミングで侍女がお茶を淹《い》れてくれたので、一息つくことに。目の前に置かれた時間をかけて抽出した水出しのアイスティ。それで喉を潤しているとカイルがついでのように言い出した。

「巻き込みついでに、君の叔母上のことも関わらせてほしいな」

「あなたが不愉快な思いをするだけよ？　叔母様はああいう人だから」

というよりカイルに関わってほしくない、と思う。あの話を知った以上、叔母が傍にいれば、怒りと憎しみと嘆きに黒く染まった私の心を曝《さら》け出してしまいそうだから。

「どうにかしておかないと、君をエスコートする邪魔をされそうだ。あれはどうにもデルフィーヌ夫人と君に対して当たりがひどすぎる。まるで自分こそが辺境伯家の女主人だとでも言いたげで不快なことこの上ない」

まあ、確かにそう見えるわよね……。実際叔母は辺境伯夫人になるのは自分のはずだったと今も思っているようだもの。ただ、母にあれこれ言葉を投げてもぽややんとした柔らかな空気を何層にも重ねたような雰囲気のせいで叔母の言葉なんてほとんど届かないように感じる。

関わる価値がないと判断した相手にはとことん興味が持てないようで、なんとも歯がゆいあの手ごたえのないやり取りは娘の私だってしたくない。あの対応をされて涙目になってる商会長を見たこともあるからなあ……。

「お母様は勝手にやらせておけば勝手に動いてくれるのだから、口から出る言葉なんて聞き流せばいいのよって素知らぬ振りよ。あのお2人にとって事業と社交の価値観は、天と地ほどの差があるわ」

……そうなのよ。私だってロッテバルト侯爵夫人としての社交と、家の事業、自分の事業とやってるけれど、事業と社交の比重は5：5、もしくは6：4くらい。両親はよくて8：2、本当は10：0を望んでるような方だもの。それだと貴族相手の事業で折り合いがつかなくなる部分が出るから、本当に最低限だけはどうにかこなしてる。

両親2人にとっては叔母様が無料で請け負ってくれる感覚なのでしょう。本番当日は辺境伯夫妻も揃うから、叔母も好き勝手には流石に振る舞えないので今までは大丈夫だったけれど、美味しいところだけ横取りされたような状態を繰り返されている叔母が母たちにいい感情をいだくわけがないとも思う。

「相変わらず父上が2人いるような家庭だな」

カイルが楽しげに呟きながら肩を震わせる。

「そんな家庭で、よく私がこんなに素敵な令嬢に育ったって思うでしょ？」

奇跡じゃない、とおどけて見せると、カイルが瞬間真顔になって考え込んでから視線を上にそらせて肩をすくめて見せながら返事をくれた。

「……そうだね？」

ですって。ちょっと何、その間は。語尾に疑問符が付いていたのも聞き逃してないんだから！　いつも背中がむず痒くなるような誉め言葉をその唇に乗せてくるのに、その能力を今披露しないでどうするの！　こういう時にこそ発揮するべきでしょう。

ぷう、と頬を膨らませて拗《す》ねて見せれば、やっと冗談だと謝ってくれた。

「もう、いいわ。叔母様のことは好きにすればいいと思うけどあとでとやかく言わないでね。できれば茶会や夜会の場で騒ぎを起こすのはやめてちょうだいな」

叔母が大人しくしてくれていたらの話になりそうだけど、叔母にだってその程度の分別はあると願いたいわ……。

「そりゃ、私にだってそのくらいの分別はあるさ。でも当日まで置いておくのも業腹だ」

そうなのよね……、でも何かやらかしてくれないと王都に戻れとも言えないし。

「今までは準備だけ頑張ってくれるようなものだから放置していたようなものだけど、今日の叔母様の様子を考えるとなんだか不安が残るわ」

私が嫁ぎ、侯爵家との繋がりができて初めての社交の場になる。叔母は両家を結びつかせた功績が自分にあると思い、さらには辺境伯家だけでなく侯爵家の前当主夫妻も叔母の後ろ盾となったと思っている可能性はある。そして、女は婚家に従うものという凝り固まった思考のまま振る舞うなら……。

言葉にしづらい、直感的な不安が心の中に湧き出す。

「あ、こんなのはどうかな？」

カイルが悪戯《いたずら》っ子の顔でこんな提案をし始めた。

両親に頼まれた日から茶会の準備は私の手で進めている。でも叔母の登場で叔母式のお茶会を押し付けようと茶々が入ることも予想がつくので頭が痛かったのだけど……。

「君の茶会と叔母上の茶会、どちらが優れているのかプレゼンしてみないか？　コンセプトから茶葉や菓子の選定、招待客の選定に、ホストの衣装と比べるものには事欠かないし。不適格だとはっきりさせれば、多少はおとなしくなってくれるかもしれない」

「……そうね。今回は私もいるし、カイルだって手伝ってくれるのでしょう？　叔母の手を借りる必要はないのよね。でも不利な判定を下しても叔母を納得させられる方を探すのは大変そうよ？」

「……うーん、そうだなあ。じゃあこの国で最も公平な人間を招こうか」

ちょっと知り合いに声を掛けてくる、と言いたげな軽さでそんなことを言うから思わず頷きそうになったけど。

「陛下を呼び出したりしちゃダメよ！？？」

「えー……」

……残念そうな顔しないで！　そういう問題じゃないの！

「あなたみたいに早駆けで来ていただくわけにいかないでしょ、お年を考えて差し上げて！」

と、返したら。

「君もたいがいだ」

と企みに巻き込むことは咎《とが》めないのかと大笑いし始めた。

2章　ナイジェル来訪

　お茶会の準備に関して、私の方は既に招待客の選定を済ませ順次招待状を送り始めている。お茶会の会場となる場所、庭作りや室内に飾る花、茶葉の種類、ティーフードのメニューなどもだいたい決まっていたのだけれど結果が出るまで保留になった。もしも叔母側の提案するものに軍配が上がったとしても、全ての準備を完璧にできるよう両親にも相談して2日ほど開催する日取りを延ばすことにした。時間が足りないなんて理由で準備が整わなかったなんてことになったら招待した方に申し訳が立たないもの。

　招待を予定しているのはバカンスにロゼウェルを選んでくださっている方々ばかりだけれど、他の家の開く茶会に参加が決まっていたり他の予定を組まれているかもしれないのでと、家の使いの人間を総動員してお伺いへ走ることになったのだけど。急なことだったにもかかわらず皆さん快く承諾してくださったり、別の予定が重なってしまった令嬢や夫人も時間や日付をずらすなどして協力していただけそうでよかったわ。

　もちろん、全てこちら側のワガママなので場所の手配や発生した料金などは、こちらでできる限りの便宜を図らせていただきました。

王都に戻ったらあの夜会でめでたくご縁が結ばれた家の婚約式の他に、謝罪やお礼でスケジュールが混雑しそう。ここでも王都に戻っても変わらない忙しさに追われる私を見てマリアが怒るでしょうね……と、どうしても心配をかけてしまう彼女の姿を思い描いて少し遠い目になってしまったけれど。大丈夫、笑顔で乗り切ってみせるわ。

気を取り直して作業を進めようとテーブルに積んだままの書類へ手を伸ばし、手にしたペンの先にインクをつけ目を通し終えた書類にサインを入れ始めたけれど、数枚サインを入れただけで手はすぐに止まり……思考は少し前の出来事へ戻っていく。


――カイルの提案をまとめてから叔母の元を訪ねた時のこと。よりよい茶会を開くために互いに提案を出し合い、優れた案を採用することになったと叔母にその旨を伝えた。

「短い期間で叔母様に負担をかけてしまうと思いますが、私も茶会を開く身としてはまだまだ未熟な面ばかりだと思っておりますの。よい機会なので勉強させていただけると嬉しいのです」

勝った側の特典はお茶会のホストの座なので断らないとは思っているけれど、カイルのアドバイスを取り入れて叔母の自尊心をくすぐる物言いも忘れずに付け足した。

「よい心がけですわ、エリザベスさん。私が王都貴族として格式高いお茶会というものがどのようなものか見せて差し上げます」

存分に勉強いたしなさいと告げながら、意気揚々と客間へと戻る叔母様の姿を見て、大丈夫かしらとため息をついた。……私も一応王都貴族なんですけど？

今までどれだけ我が家の催しに口を出し場を整えようと、正式な夜会のホストとなるのは私の両親である辺境伯夫妻であり、叔母はただのサポート役でしかなかった。だけど、次のお茶会で私のものより秀でた提案ができたなら、ホスト役も譲るとの提案を耳にした途端、叔母の目が爛々《らんらん》と光るのが見えた。

……まあ全てを取り仕切った人の功績を取り上げようとは思わないからそれはいいのだけれどね、簡単にその役目を渡すつもりもないし。

……まあ、ローズベル家の主催する催しなのだから、当主の弟とはいえ、分家筋の叔母が前に出ることなんてあり得なかったものね。取り巻きの夫人たちに影の辺境伯夫人とか呼ばれて虚栄心を満たすくらいしかできなかったのだもの。

確かに結婚相手に関しては叔母から見れば運が悪かったのだろう（叔父様ごめんなさいっ）。でも、実家は地方であっても領地を持つ伯爵家であり、隠居されている前伯爵も現在当主となって伯爵家を治めている叔母の兄君も、年の離れた妹である叔母を幼い頃から変わらず可愛がられていて、今も叔母との仲は良好と聞く。

子は男子が2人、どちらも健康で将来性だってとても有望だと学園でも言われるほどらしい。

そして義理の兄はローズベル辺境伯当主、その弟である叔母の夫は子爵とはいえ王宮官僚として着々と栄達を重ねているというし、このまま何事も起きなければ叔父様の時代で伯爵位に陞爵《しょうしゃく》も叶うかもしれない。

子爵夫人としての叔母の人生は決して悪いものでないだろうに、どうして上ばかり見上げているのかしら。

私は叔母とは逆で悲しみに明け暮れ、足元ばかり見ていた瞳には暗い絶望しか映せずにいたけれど、ほんの少し顔を上げて周りへ視線を向け手を伸ばすだけで、自分がどれほどの幸せに囲まれていたのか何度も知ることができた。だから叔母も少しでいいから周りを見渡して叔母を愛してくれている人たちへ気持ちを向ければ、今よりもっと穏やかな気持ちで過ごせるのではないのかしら……？


「リズ、考え事？」

全く動いていない私の手元を覗き込んで、彼が小さく笑う。考え事をしていたせいか彼が部屋に入ってきたことに全然気付けなくて驚いて顔を上げてしまった。

私が執務に使っている小さめの応接室で、一人掛けのソファに腰を下ろしている私。その向かいにある長ソファへ腰を下ろし、楽しいのか分からないけど私の顔を眺めている彼と視線が触れ合ったものだから、思わず照れ隠しに少し唇を尖《とが》らせてそっぽを向いた。

「考え事くらいしたくもなるわよ。どれだけこなしても先が見えてこないのよ。問題ばかり湧いてくるんだもの」

「……それは、うん、ごめんね」

トラブルになりかねない種を蒔《ま》いた自覚があるのか、カイルは笑みに苦さを混ぜながら謝ってくれた。

そんな彼の手の中は街道事業関係の書類だろうか、文字がびっしりと書き込まれた書類が数十枚の束になっているものに目を通してはサインをし続けている。

「リズお嬢様は十二分に頑張っていらっしゃいますもの、必ず報われますわ。さあ、お2人とも甘いものでも食べてリフレッシュしてくださいませ」

この家にずっと務めている馴染みの深い侍女が温《ぬる》くなってしまったお茶を淹れ直してくれながら、励ましの言葉を掛けてくれた。一口大に切り揃えられた焼き立ての菓子の甘い香りが鼻先をくすぐると、自然に笑みがこぼれてしまう。

……巻き戻った世界で与えられるささやかなやさしい出来事を幸せと感じられる私でいられ

ますよう、そっと心の片隅で祈りを込めた。

◆◇◆◇◆

明日のお茶会のプレゼンに向け、叔母があちこち忙しそうに出歩いていらっしゃるおかげで私は自室以外でも落ち着いて過ごすことができている。

『ちょっとエリザベスさん、いいかしら』

と、両親やカイルが傍にいない時を見計らってかけられる叔母の声にずいぶんとストレスを感じていたのねと、穏やかな気持ちの割に処理されたばかりのサイン済みの書類の束を見て笑みをこぼした。

「エリザベス様、そろそろ大公閣下がお戻りになるお時間です」

少しして、侍女が時間を知らせてくれた。

どうしてマリアが決めたように私を奥様と呼ばないのかって？　初めはマリアをはじめとした侯爵家側の使用人は私を、辺境伯家の使用人は母を奥様と呼び、もう片方は名前で呼ぶようにしていたのだけれど……。侯爵家側の使用人ももともと我が家で働いていた者ばかり。やはり母を奥様と呼び慣れている手前、次第に混乱しだして一時すごいことになったのよね。

……そういうわけで呼び名を昔に戻した。それ以降は何の混乱も起きなかったので、マリアも折れた。王都に戻ったら呼び名を元に戻します、とマリアが少々照れた顔で告げていたっけ。

そんなことを思い返して口元に笑みを乗せながらペンを置き、サインを入れた確認済みの書類を綺麗にまとめてテーブルの端に置いておく。

数日おきに大公領から家令や領内を取りまとめている役人たちが、大公領や大公の住まうリューベルハルク城で発生するさまざまな案件からカイル個人で手掛けている事業関係の報告や書類さまざまなものを手にしてカイルの元を訪れる。人の出入りもかなり増えるので、辺境伯家の屋敷の客間では手狭だろうと街の中にある辺境伯家の別邸をカイルは父から借り受けた。

そう言えばカイルに置いていかれた従者さんたちが2日後、荷物を積んだ馬車はあれから4日後、ローズベル邸に到着していたわね。従者さんたちはそのまま別邸に向かったのに馬車が着くまでと言っていたカイルは相変わらず本邸の客人として過ごしながら仕事の時だけ別邸に通っている。

朝食を済ませてから別邸へ向かい、大公領の問題やカイル自身が営んでいる王都やロゼウェルで展開する事業の話も取りまとめてから、夕方辺境伯邸に戻ってくるのがだいたいのパターン。大変なら私の方の用事は気にしないで大公領に戻ってもいいのよ、と告げたこともあるのだけど……。

『ある程度は城にいる母や家令たちが処理してくれているので、どうしても私が目を通さないとならないもの、に限定されるからそんな量でもないよ』

と言って笑っていた。幼い頃から私の家へ遊びに訪れていたカイルも、私のことを言えない程度にはビジネスフリークの両親の影響を受けている気がするのよね……。無理をして体を壊さないといいのだけど。

そんなわけで私以上に忙しいカイルの戻りを労《ねぎら》うのは何もおかしい話じゃないものね、うん。なんとなく自分に言い訳を繰り返しながら玄関ホールへ向かい、彼の乗る馬車が到着するのを待つことにした。

先触れで予告した通りの時間に彼を乗せた馬車が正門前に着いたと報告を受け、玄関ホールから正門へと向かう。今日も空は爽やかな青が空を覆い尽くす雲一つない快晴。日差しが眩《まぶ》しいと感じるが、すぐさまマリアが日傘を広げて影を作ってくれた。

「おかえりなさい、カイル。お疲れ様」

扉が開けばいつものように爽やかな笑みを浮かべながら馬車から降りてくるだろうと思えば、予想とは真逆の表情で馬車の扉から顔を覗かせた彼に私も少し驚いてしまう。

あら？　珍しいくらい渋い顔になってるわ……。めったに見ない彼の表情を物珍しげに眺めていると、彼の肩越しに見覚えのある赤い髪が覗いた。

「……ナイジェル様？」

小さな呟きではあったけど私の呼んだ名がこの国の最も高貴なる存在、王太子のものだと悟った使用人たちは、表情を引き締めると一気に後ろに下がり、正門から玄関へ続く石畳の道の上を邪魔しないよう左右に分かれ頭を深く下げた。

もちろんカイルもナイジェル様に準ずる高貴な存在ではあるのだけど、幼い頃からこの屋敷に出入りしているので家族同様の対応となっていて、格式張りすぎる対応は彼も望まないため割とほのぼのしているのだけど……。

馬車の前に立つのは私と日傘を持つマリア、そして筆頭家令のローウェン。表情は窺えないけれど2人とも緊張しているのか、空気がピリッと引き締まる。カイルは渋い顔のまま馬車から降りると扉から少し体をずらし、ナイジェル様が降りてくるのを待った。

「やあ、久しぶり。エリザベス嬢」

明るい朗《ほが》らかな声が響く中、突然の訪問に頭の中は真っ白で、カイルの渋顔の理由を察することもできぬまま。

——もうっ！　殿下もダメに決まってるじゃない！

と、心の中で淑女としては似つかわしくない叫び声を上げたのだった。

◆◇◆◇◆

「……というわけで、ローズベル辺境伯から夜会の招待状が届いたので父の名代で参上したんだよ。私自身もロゼウェルの視察をしたかったしね」

ナイジェル様とカイルを広間へと案内し、ソファに腰を落ち着けていただいた。喉越しのいいフルーツゼリーを茶うけに添えて冷たく爽やかな果実水をお出しすれば、喉を潤しながらナイジェル様がここへ来た経緯を教えてくださった。

……なんだ、カイルが無理やり引っ張ってきたわけじゃなかったのね。

「……リズ、なんだかすごく失礼なこと考えているだろう？」

ホッと心の中で胸を撫《な》で下ろしていれば、私のことに関してやたらと察しのいいカイルが突っ込んでくる。

「そう考えてしまうのも、いつも無茶を言うカイルが悪いんじゃなくて？」

そう返すと、相変わらずの笑い上戸なナイジェル様は私たちのやり取りをそれは楽しそうに肩を震わせながら聞いていらっしゃるが、次に耳へ届いたのはまたとんでもない言葉で……。

「だいたいロゼウェルに着くのは夜会の前日という話だったのに、急に別邸に顔を出したんだぞ、こいつ」

こいつって言っちゃった⁉　従兄弟というより兄弟に近いようにすら感じる親しさからなのか、カイルの言葉を特に気にすることもなくナイジェル様は笑い続ける。

「流石に供を伴ってでは6日が限界だったな。単騎ならお前よりも早くここへ着いたかもしれないのに」

「……ナイジェル様？？？」

国の重鎮が何やらかしてるんですの⁉　新しき太陽が昇る前に沈み込んだら困りますわ？　従者や護衛騎士を置いて行かないだけカイルよりマシなのかもしれませんが……ん？　マシなのかしら？

常識が強制的に改変されていくような奇妙な感覚にめまいを感じて、こめかみを指で押さえる。思わず声を上げて名を呼んでしまった私へ向かって楽しげな顔を向けるナイジェル様が悪戯に成功した時のカイルの顔と被る。その表情を見て、同じ遺伝子を持っている者の特性を知らされた気がした。

気高き血を持つ若き獅子のような2人は、内実はどうであれ国の貴族令息たちの目標であり、憧れの対象だ。その2人が王都からロゼウェルまで馬を駆け競い合ったとなぜか都合よく脚色された噂が社交界で流れ始め、気付けば自慢の馬と騎乗の技、そして家や街の威信をかけて名誉を競う国を挙げた大きな催しとまでなることを、まだ私たちは知らない。

「まあ、そんなわけで荷を積んだ馬車が追いつくまで、こちらに滞在させてほしいと思ってローズベル辺境伯へ挨拶に伺ったのだけど、ご夫妻とも不在なのかな？」

「申し訳ありません、両親とも今現在は所用で出かけておりまして……夕刻には戻るはずですので、滞在の旨は私の方から両親へ伝えておきますね。喜んでお部屋のご用意させていただきますわ。騎士の方々も殿下の護衛に支障のないように近いお部屋を用意いたしますね」

「ありがたい、助かるよ」

ナイジェル様の礼の声に続いて護衛の騎士の方も、謝意を示すように揃って頭を下げてくださった。うーん……なんだか先ほどのナイジェル様の言葉、つい数日前にも同じ言葉を聞いた気がするわ……。

「あと、ついでに言うと、面白いことを企んでいるんだって？　公平な審査を必要とするならぜひ私が立候補しようじゃないか」

柔らかな笑みを浮かべているだけなのに『もちろん混ぜてくれるよね？』という圧がすごい。王族怖い。

なんだかんだ言っても結局はカイルの思うままに物事は進むのね……と、陛下ではなかったもののナイジェル様が今回のお茶会のプレゼンの審査役を担ってくれることになった。

……まあ、内々に行われる非公式なものだから大丈夫よね？

◆◇◆◇◆

夜になって戻ってきた両親にナイジェル様が予定より早く来訪された旨を伝え、顔合わせもかねてささやかな晩餐《ばんさん》会を催した。

叔母様はナイジェル様のお話の相手をしたがっていたけれど、爵位では下位となる叔母の席次はナイジェル様たちと離れるので、おかしなことは起きそうになくてひと安心。晩餐会のあともできる限りお独りでおられないようにカイルにお相手を頼んでみる。

カイルも客人ではあるのけれど、当家や王家どちらとも家族ぐるみのお付き合いではあるし、叔母を牽制するためにも上目遣いでお願いしてみたら少し葛藤《かっとう》があったみたいだけど首を縦に振ってくれたの。

「……分かった。リズがホスト役を譲るわけがないと信じているけど、僕があの時こうしていたら……という後悔の元になるのは嫌だし」

「邪魔をしている自覚はあるのだな、驚きだ」

「違う。邪魔をしそうな者たちの盾となるためだ。……ああ、そうだ、憂いを払う報告が一つあるよ。あの娘の両親から聞いた話だが、ロゼウェルへの滞在は両親とも知っていた。あのホテルの部屋の手配も父親の名だったし、それも当人が認めていたから誘拐ではない。少し面白い繋がりが出てきたので、しばらくは僕が注意を払っておくよ」

面白い繋がりという言葉に少し首を傾げてみたが、はっきりとしたことが分かったら教えてくれるとのこと。彼がそう言うならあとは任せて私はその間お茶会の用意を一分の隙もないほど完璧なものへ磨き上げようと心に決めた。

それにしてもカイルは、ナイジェル様を兄のように慕っているのね。

最初のうちはひやひやした心置きのなさすぎるやり取りも、男兄弟のやり取りだと当たり前の風景なのかもしれないわ。私はひとりっ子だから兄や弟の存在は想像でしか理解できないけれど、ナイジェル様もカイルとのやり取りをとても楽しそうにされていらっしゃるから、少し羨《うらや》ましく感じてしまう。

そんな2人のやり取りをほのぼのとした気持ちで眺めていただけなのに、私の侍女たちがなぜか複雑そうな顔をしてるのはどうしてかしら。おかしいわね……ナイジェル様やお付きの騎士たちと『眺めるだけで幸せになれる端正な顔立ち』の持ち主が増えたのだから、嬉しいはずよね……？

そして翌日。午前中は厨房で茶会に出す予定のティーフードや飲み物を作り茶会のテーブルのサンプルを設《しつら》えていくため、シェフたちを2チームに分けて叔母と私それぞれに指示を出す。最初に提供する菓子とお茶をそれぞれ一人分ずつ用意して交互に味わっていただく予定。

流石に室内の装飾や庭の方は同時にいじれないので、具体的な案は書面にして説明することになっている。手間ではあるけれど、こうして一度文章に落とすことでより俯瞰《ふかん》的に物事を見渡せることを知ったのはいいことだと思う。

それをなんとなしに母へ告げてみれば、こう返事が戻ってきた。

『物事は簡単なものほど勘や経験で処理しがちだけれど、そうして客観的に見る視点を作ることは今回の件だけでなく、さまざまな事業にも役に立つことよ。勉強になったようでよかったわ』

そして経緯はどうであれ、それを悟るきっかけになったことに関しては叔母に感謝しなさいね、と笑っていた。

同日午後、本番のお茶会の時間より少し早めに中庭のよく見えるサロンへ集合する。事前にくじ引きをして説明する順番は叔母、私の順。

まずは叔母が前に出た。

「テレーズ・ワルドと申します。では説明をさせていただきますわ」

叔母の提案は伝統的なお茶会、と言えばいいのかしら。

奇抜さや物珍しさより、特に王都の貴族たちからは慣れ親しまれている格式の高いお茶会を、辺境伯領に住まう地方貴族たちに憧れの王都の茶会を存分に堪能していただく……という内容。

茶葉からしても、この銘柄のものは高位貴族でも毎日飲める家はどれだけあるか……と感じてしまうほどに希少で価値のある逸品で、これを招待客の人数分揃えると予算をはるかにオーバーするのでは……なんて思ったけれど叔母の提案で示された招待客のリストを見れば下位の貴族はごっそり削り取られずいぶんとコンパクトなサイズのお茶会になっていた。

王都の高位貴族と領内に住まうローズベル家門の伯爵家までの招待と制限を設けることで、予算内に収められると説明された。まあ理屈的には合っているのだけれど……賛成はできない。

叔母が言うには、高級なものに慣れ親しんでいないと楽しめないから、という配慮なのだそうだ。

一方、私の提案は、都市間を繋ぐ街道の整備が始まり以前よりもロゼウェルへの旅にかかるコストがかなり削減され、気軽に行き先を決めてくださる方が増えたので上位下位の隔たりなくロゼウェルのよさを前面に押し出して歓待したいという、叔母とは真逆のコンセプトのお茶会。

ロゼウェルへの旅が手軽なものとなり、高位貴族から下位貴族、そして裕福な平民たちもこのバカンスシーズンにロゼウェルをバカンス先に選び訪れてくれた。感謝を込めて当家でもてなしたい、ロゼウェルを知ってそのよさを広めてほしい。

そしてこの地や当家を支えてくれている我が家門の方々への感謝と、王都の貴族の方とよい繋がりが生まれるきっかけになることを願いながら、招待客を選ばせていただいた。

茶葉はよく冷えた冷水に浸しゆっくり抽出したものへ、この地方特産のさまざまな新鮮な果実をブレンドした、この街でしか味わえないフルーツティーをメインに添える。フレーバーの種類を手軽に増やせ甘さも調節できるので、万人に好まれるお茶であるうえ、実のところコストもさほどかからなかったりする。

ティーフードは定番のものに加えて暑い盛りの午後に開催するため、この街に住まうものなら貴族から労働階級の平民たちまで日常的に好んで食べている綺麗な海水を精製して作った海塩を使った甘じょっぱい焼き菓子や、喉越しのいいゼリーなどの冷菓。

この街でしか味わえないものを海沿いならではの明るい解放的な雰囲気の中で、味わい楽しんでいただきたい。

説明を終えるとそれぞれの提案したお茶とティーフードを、侍女たちがナイジェル様をはじめとした私たちのテーブルの前に並べ始める。

そして私の提案するフードを載せた皿に叔母も目にしたことがあるのだろう、どちらかといえば庶民の間でよく食べられている塩入りの焼き菓子を見て、小さくはあったけれど憎々しげにこう吐き捨てた。

「……殿下に庶民の食べ物をお出しするだなんて、なんという不敬な」

私やカイルも、もちろんこの街に長く暮らしている父だって幼い頃から食べている馴染み深い菓子なのですけど？　庶民も食べているという理由だけで何が不敬なのだろうか。なら、この菓子以外だって果実や魚介、あらゆるものが不敬なものになってしまうわ。豊かなこの街は物価が安いということもあり、庶民の口には到底入らない的な食材はあまりないのだもの。

小さな声だったので隣にいた私の耳だけに向けたのでしょうけど……たぶんカイルとナイジェル様の2人にも届いているはず。

ものを作り税を納める領民がいてこそ、国は成り立っている。貴族だからといって軽んじてよい存在ではないのよ。

その証拠というように優雅な笑みを張り付けたままなのに、2人とも瞳は笑ってないのだもの……。

なんて心臓に悪い笑みなのかしら。

季節は夏の盛り。

強い日差しを室内に取り込まないよう深い庇が窓から入る陽光を遮り、常に海へと吹く風を取り入れ、空気を動かしている。室内は湿度を調整する漆喰の白壁に彩られ、熱をはじく白い石造りの邸内は暑い最中でも過ごしやすくはあるが、それはあくまでも陽光降り注ぐ外よりはマシ、という程度のもの。

夏らしい暑さを感じる邸内なのに、カイルとナイジェル様の冷ややかな微笑みだけで冷気すら感じるほど室内の温度が下がったのは気のせいではないはず。だって傍にいる使用人たちも似たタイミングで身震いしたから、これは私の思い込みじゃない……。

……くわばらくわばら、と願いたいところだけれど、叔母様は当家で一番近しい家門と言えるから、他人事として見ているわけにもいかないのよね。王族に不敬を働いて累《るい》が及ぶとか流石に避けたいなあ……。かと言って、カイルがへそを曲げそうだから変に庇い立てるわけにもいかないし。

――なんで私が叔母様とカイルの板挟みにならないといけないのよ！　もう!!

叔母様には、カイルやナイジェル様がただにこやかに微笑んでいるだけに見えているようだけど、場の空気が変わったことにも気付いていないのは、豪胆というか鈍いだけなのか、とにかく羨ましい暢気《のんき》さだわ……。

「……ワルド子爵夫人、この場は王族をもてなすために開かれた場ではない。あくまで辺境伯家で催される茶会に向けて開かれた場であることを忘れてないだろうな？」

カイルがまず口を開いた。この場は庶民の食べ物もてなしのメニューに含むことが、茶会に相応しいかどうかの判断をするためであり、今現在ナイジェル様を招待している夜会に関することではないと、釘刺すように告げる。……まあ、それを置いても王族は年中無休でおもてなし対象だと思うけど。

「いや、この招待客なら夫人の望む場になるのでは？　……ほら、私の名がある」

カイルに言葉を返しつつナイジェル様がおかしげに笑いながら、手元の書類の文面を指差した。ナイジェル様の手元にあるのは叔母提案の招待客のリスト。指先にはっきりとナイジェル様のフルネームが書かれているのが嫌でも目に入ってしまい、私も慌てて叔母の書類へ目を落とす。

許しもなく王族の名を書き連ねるなどあり得ないこと。それに昨日確認を取った時はなかったはず……見落としてしまったの？

それでも直前に再度の確認を怠った自分の不甲斐なさに眩暈を感じつつ少し青ざめた顔で叔母の方へと視線を向けると、ナイジェル様の一連の仕草と言葉を叔母への同意と受け止めたのか、叔母の顔にパァッと喜色が溢れた。

「王太子殿下、流石でございますわ。たとえ辺境伯とはいえ、この地域の領主であり最高の爵位を持つ貴族なのですから、招待客は厳選し、格式のある最高のものでおもてなしをするべきなのです」

いやもう、何が流石なのか問い詰めたい。

サラリと笑顔で躱《かわ》しているナイジェル様の見事なスルー能力に関しては流石と言えるかも……カイルも少しは見習って。

ずっと以前から疑問だったのだけど、叔母様、もしかして辺境伯って田舎の伯爵家だと思ってらっしゃるのかしら？

分家とはいえ我が家門に嫁いでずいぶん経つでしょうし、旦那様はお父様の弟ですもの、流石に間違えているわけが……いえ、アリスとアバンという事例を垣間見ていたので、決してないとは断言できないのよね……。

まあ、とりあえずそれは置いておくとして。叔母の招待客のリストは予想通り、高位貴族のみを招いたもの。私の方で招待する予定になっている下位貴族の方々のことは念頭にない、叔母様だけが楽しいお茶会だ。

しかも夜会にのみ出席される予定のナイジェル様の名前まで、ちゃっかり書き加えてある。

……叔母とは夕食時に食堂で顔を合わせる程度でナイジェル様と叔母だけで過ごした時間はなかったはずなので、伺いすら立ててないはず。

そちらの方がよっぽど不敬なのではないのかしら……と痛み始めたこめかみをさすりつつ、テーブルに全員の皿や茶器が置かれたのを確認してから口を開いた。

「さあ、私と叔母様のお茶会のコンセプトは理解していただけましたか？　では次に移らせていただきますわね。皆様もそろそろ喉がお渇きになった頃合いでしょうし」

叔母様の案が素晴らしいものなら、もちろん取り入れる気持ちも譲る気持ちはあったが、蓋を開ければ予想通りというところで、お父様とお母様が早速飽き始めているわ……。

判断を下すのはナイジェル様だけど、お茶をしている姿を皆で眺めているのもどうかと思ったので、それぞれの席にもお茶とお菓子を2セットずつ並べてもらう。時間的にもお茶会を催す時間帯なので、お茶の時間にもちょうどいいでしょうから。

「準備は済みまして？　向かって左側が叔母……ワルド子爵夫人の提案したメニュー、右が私の提案したメニューですわ。準備と場所の都合上、最初に出す予定のお茶とティーフードのみであることをご了承くださいまし。判定を下す役目はナイジェル様にお願いしてありますが、お母様たちも何か思うことがあれば、ぜひ忌憚《きたん》のない意見を聞かせてくださいませ。お願いいたしますわ」

ティーフードが配膳され、それぞれのカップとグラスに紅茶が満たされたのを確認し、お茶の時間を楽しみつつの判断を皆にお願いしてから、カイルの隣に用意された席へと着いた。カイルの隣はナイジェル様、そして両親を挟んで叔母様が席へ着き、それぞれ好みの菓子から手を付けていく。

「……ふむ、なるほどね」

急なお願いを快諾してくださったナイジェル様は真剣に挑んでくださるらしく、手を付ける前に茶器の色合い、茶葉やフード類の香りや色を確かめながら叔母の提案したメニューと私のメニューがお茶会で出されたと想定して順番に少量ずつ味わってくださっている。カイルも一応それに倣《なら》ってくれているのか同じように確かめ、メモを取りながら味わっているのを見てから、私も焼き菓子に手を伸ばした。

口の中でホロホロと解れた焼き菓子から溢れるバターと蜂蜜の罪深い味わい、そして甘みが引いたあとにそっと感じる微《かす》かな塩気。おやつだけじゃ足りなくて小さな頃よくメイドや侍女たちにせがんではこっそり食べた懐かしい味。カイルも屋敷に遊びに来る時はお土産だと持ってきてくれたなぁ。

あの頃、私の乳母だったマリアに摘まみ食いが見つかると『素敵な淑女になれませんよ！』って怒られたなぁ……なんて思い出してしまい、思わず口元が緩んでしまう。そんな私を見ていたカイルが自分の皿にあった焼き菓子をそっと私の皿に移し替えた。

「リズの好物だったよね、これ。あげる」

耳元で小さくささやいたカイルの声は幼い頃の記憶よりも低くて大人っぽい響きを持っていたけど、言葉や気持ちも思い出深い幼い頃のままだと教えてくれるようで、嬉しくて思わず口元が緩んでしまう。

◆◇◆◇◆

お茶の時間は思っていた以上に静かに過ぎていった。普段のお茶の時間より若干量が多めになってしまったけど、準備に忙しくてお昼は本当に軽く食べただけだったので気が付けばカイルに分けてもらった分も残さず食べ終えていた。……別に食いしん坊だからじゃないのよ？

心の中で言い訳をしながら周りを見る。ナイジェル様は既に食べ終えているカイルと話されている最中のよう……うん、両親たちも終えたみたいね。

叔母の言う『庶民の食べ物』だけしっかり残されているのが目に入ってしまい、あまりにもあからさま過ぎて笑いそうになってしまったけど口元を引き締めつつどうにか堪《こら》えた。

「では、ナイジェル様。食べ終えたばかりのところ恐縮ですがお言葉をいただけますか？」

ナイジェル様に話を振れば綺麗に食べていただけた皿をテーブルの隅に寄せると椅子から腰を上げ、周囲のテーブルへと視線を動かすがナイジェル様もまた叔母のテーブルに残されたままの菓子に気付いて視線を止めた。

「ワルド子爵夫人がまだ途中のようだ。もうしばらく時間をおいても構わないかな？」

お茶の時間に淑女を急《せ》かすような野暮《やぼ》な真似はなされない。

ナイジェル様は柔らかな空気をまとうような言葉で叔母に問いかけた。きっとこれがラストチャンスだっただろうに、叔母はそんな配慮にすら気付きもせず、上品を装うように口元に手を当てながら笑いを漏らした。

「いいえ、わたくしももう食べ終えておりますわ。お気遣いありがたく存じます」

「しかし……」

ナイジェル様は、手つかずのまま焼き菓子が盛り付けられた叔母の皿に視線を落とす。

「わたくし、庶民の食べ物は口に合わなくて……自ら品格を落とすような真似したくないのですわ」

ナイジェル様の言葉を遮り、『ホホホ』と笑い声を上げる叔母。貴族の矜持《きょうじ》を嬉々として語り出す時と同じく誇らしげだけど、この場にいるのは王族他、侯爵、辺境伯と叔母以外高位貴族が目白押し状態。そして皆、皿の上の食材を全て味わったあとなのだ。

「なるほど、庶民と同じ食物を口にすることは品格を下げることだ……と」

「もちろんでございますとも。貴族たるもの、選び抜かれた貴重な食材を使い一流の者たちの手で作られたものだけを口にするべきでございます」

「ワルド夫人、それは食材以外も同じなのかな？」

「ええ！　食事はもちろん衣服、装飾、屋敷や部屋……わたくしたちの生活全てにおいて気を配るべきですわ。庶民たちとは違うのだと」

　ああっ、言い切っちゃった！　ハラハラとしながらナイジェル様と叔母のやり取りを見つめていれば、隣に座るカイルからも声が上がる。

「つまり、庶民が手に触れるようなものなど論外というわけか」

　言葉尻だけ捉えれば２人の言葉に叔母を責めるようなものは何一つ含まれてはいないのだけれど、このまま進むと叔母の破滅の未来が見えてきそう。助け舟を出してほしくて両親へ視線を向けてみたけど、この会を始めたのは私なので収拾は私がつけるべきと言わんばかりに微笑み返されてしまった……。

　どうか穏便に済ませられますように！

　顔や態度には表してはいないが、教育の行き届いている辺境伯家の使用人たちですら、叔母の偏見に満ちた言葉へ不快感を漂わせている。

　近隣の諸国との領地争いの続いた混乱の世も今ではすっかり昔の話となり、国は豊かになり王国の民たちの生活水準もかなり上がった。それでもまだ貧富の差は如実にあり、末端までは豊かさの恩恵を受けられずにいる。民の貧困問題に心を砕き、問題解決の旗頭をなされているのがナイジェル様本人だというのに……。

社交界でも度々上がる話題だろうに、そういう自分の都合の悪いことには耳を塞ぎっぱなしなのかしら。

そんなわけで叔母のこれからの挙動にハラハラしながら、カイルとナイジェル様の言葉を待った。

「そうでございます。下層のものと同じものを口にするだなんて、恐ろしくて……」

私は子供の頃から、マリアに叱られても懲りることなく頬張っていましたけど？

こんなやさしい味の焼き菓子をそこまで毛嫌いする叔母の方がある意味怖い。

「庶民の手が加わったものを一切受け入れないというのであれば、ワルド夫人は何も身に付けず、野の草を食み、屋根の下ではない空の下でこれからを過ごすのか。聖人ですら為し得ない境地に辿り着きそうだ」

立派なことだとカイルが緩く手を叩きながら言葉を投げた。

「な……ッ。大公閣下ともあろうお方が何をおかしなことをおっしゃるのですか。わたくしがそのような暮らしをするわけなどありません」

いやいや、このまま突き進んで家を取りつぶしとかになったら、迷うことなくその生活が送れてしまうかもしれない。そうするだけの権力をお2人はお持ちだものね……まあ、振りかざすような真似されない方と信じてますけど。

「実際、リューベルハルク大公の言葉通りではある。ここに存在する全てのものは、名もなき者たちの手が介在してここにあるものだしね……ワルド夫人が選んだこの希少な茶葉一つであれ、畑を世話し葉を摘みさまざまな工程に関わるのはあなたの言う庶民たちだ」

「で、ですが……庶民だけの手でこのようなものができるわけではありませんし、取り換えの利く道具に心を配る必要などないかと」

ああ、言葉に詰まったならそのまま黙っていたらよかったのに……追いつめられると本音って出るものなのよね。

「そうか……ならば王太子殿下。この場で上申させていただこう。王宮文官であるワルド子爵をこの場で解任してもらいたい」

「な、何をおっしゃっておりますの⁉　夫にはなんの非もありませんわ！」

それまでは必死に貴族っぽく振る舞っていた叔母が、慌てて立ち上がった。

「夫人が言ったのだろう？『取り換えの利く道具に心を配る必要はない』と。先に聞いていれば、このような場を時間を割いてまで作る必要もなかった」

「……わたくし、そのようなつもりで申したわけでは……」

実家が伯爵家、嫁ぎ先の本家が辺境伯家。子爵夫人であっても、そう社交界で雑に扱われたことはなかったに違いない叔母にとって初めての糾弾《きゅうだん》なのかもしれない。流石に気の毒になってきたのと、これ以上つつくと恨みが全て私に向かいそうなので会話に混ざらせてもらおうかしら。

「カイル、流石にお仕事に熱心な叔父様を巻き込むのはお気の毒よ。叔母様も言い過ぎたと思うけれど……」

「分かってるよ。ワルド子爵の働きは僕らの耳にも届く。才能と学識のある方だとも聞いている。安易に取り換えられるような人材じゃないこともね」

先ほどの言葉は例え話だと理解した叔母は、あからさまにホッと胸を撫で下ろした。

「でも叔母様が言う庶民と言われる者たちがいないと、私たちの生活は一日たりとも持たないのです。生まれた家が貴族だったかそうでないかだけで全てを決めてしまうのは愚かなことだと思います。……それにこの菓子は昔から立場関係なく皆に好まれ、この街だからこそ生まれた伝統的なお菓子なのです。訪れてくださった方々が美しいロゼウェルの街を愛してくださるよう、この菓子もまた愛されてほしいのです」

もちろん招待するお客様のために材料は厳選しているし、当家のシェフが自慢の腕を振るって拵《こしら》えたのだから叔母の口にだって合うはずなのだ。

広い屋敷の中をくまなく掃除してくれる人、毎日多彩な料理を作ってくれる人、さまざまな仕事に従事してくれる存在がどれだけありがたいことか。

前の生の記憶があるから余計にありがたさが染みて、屋敷の者たちが無理なく楽しく働ける環境を整えてあげたくなっちゃうのよ。

「そ、そうね……エリザベスさんの言う通りだわ。王太子殿下、大公閣下、先ほどの失言詫びさせていただきたく思います」

うっかりすると自分の言葉が夫君の将来を潰しかねないと悟ったらしい叔母が2人に謝罪してくれたので、どうにか丸く収まりそう。

この話し合いが終わったあとでナイジェル様が「ワルド子爵は市井の民の代表たちとの折衝が多くて会合やら何やらで夫人の言う庶民料理を口にする機会が多いから、うちの主人にこんなモノ食べさせて！　って怒鳴りこまれたら困るなとは少し思った」と冗談めかしつつ漏らした。

あの場で夫人が謝罪して皆の矛《ほこ》を収めなかったら、カイルの言葉通りになるか別の部署に異動するかの未来が待っていたのかしら……と、少し青くなってしまった。

何はともあれ、ナイジェル様たちにお灸《きゅう》をすえられたことがよほど効いたのか、今回のお茶会の内容については叔母は関与せず、私主導で動くことが平和的に決まったので、よしとしましょう。

叔母様には、王都に戻ったら開くことになるだろう侯爵家の夜会やお茶会で王都風の伝統をご教示していただきたいと私の方から申し出たので、ずいぶんと機嫌も直ったみたいでひと安心。

もともと叔母の排除を考えていたカイルからしたら私の対応は甘いと言われるかと思ったけれど、不思議と涼しい顔をして静観したままでいてくれた。まあ……瑣末な出来事だったしねと納得することにしておいた。

侯爵家との橋渡しをした叔母の真意も今は分からないし、聞き出したところで私の婚姻がなくなるわけでもない。

余計なことを……という感情は残っているけど、前の生で叔母との関わりがほとんどなかったからアバンら侯爵家の人たちに覚えるような強い感情も作りきれない。時間が経てば叔母への感情はずいぶんと薄いものへ変わっていた……と、たった今気が付く程度には関心を向けることがなくなっていたのね。

だって、他に心を向けたいことが目の前にたくさんあるんだもの。

お茶会が終わると、両親は早々に仕事があるからと部屋を出ていった。

カイルとナイジェル様たちも、このあとは街道事業の会合や港の視察があると言うので玄関まで見送ってから私も本番のお茶会に向け、完璧な準備を整えねばと意気込んだ。

「エリザベスさん、ちょっといいかしら」

彼らのあとを追って退室しようと扉へ向かう私に、叔母から声がかかる。流石に同じ室内では聞こえなかった振りもできず足を止めて振り返った。

流石にこの状況でダメ出しやお小言は言われない……はず。

「叔母様、他に何か？」

「そういえばあなた、お茶会はともかく夜会の衣装は決まっているのかしら？　こちらに来てから何度か夜会に参加しているようだけれど、同じものではお客様を迎えるのに失礼だわ」

確かに。

思いがけないまともな問いかけに頷いてしまった。

お呼ばれされた時でも、同じ衣装で何度も参加するのは眉をしかめられてしまうことがあるわ……。

今は皆さんも旅行中の方が多いから、衣装は着回しても事情を分かってくれると思うけれど、流石に招待する側では言い訳にならないわね。

こんなに社交活動するつもりはなかったから王都から持ってきた衣装の数も連日着せ替えで

きるほど多くないし、手持ちのものやお母様から借りたアクセサリーや小物を合わせてアレンジを変えるのも限界がある。

屋敷にある昔のドレスはデザインも今の流行のものではないし、それに少し……きついのよ。その、お腹周りじゃないけど、胸とかお尻とか……いろいろと。

それは成長した証《あかし》ということにしておいて、叔母様の指摘通り衣装のこと、すっかり失念していたわ……。

「今から仕立てるのは……街の仕立て屋は今、王都からのお客様たちの仕事でいっぱいなので空きがあるかしら……」

いつものお店にダメ元でお願いしてみてから考えましょう。

たぶんオーダーメイドは無理でもリメイクならそこまで時間もかからないだろうから、頼むだけ頼んでみよう……と、叔母の問いかけに返事をしながら対策を考えていると、再び叔母が口を開く。

「あのね、エリザベスさん。よい機会だと思うので聞いてちょうだいな。私が王都で懇意にしている仕立て屋の息子さんが勉強のためこちらに店を構えて商売を広げたいと言うのよ。王都の方でも今は海の向こうにある帝国風の衣装が流行《はや》り始めたでしょう？」

伝統を貴ぶ格式高い王都、革新的な風が舞い込む港街。

どちらがいい、悪いの話ではないのは叔母の言う通りだ。

王妃様が着ていらした伝統的なスタイルのドレスも素敵だったもの。そうなると職人同士の交流や若手を集めての勉強会なんて開いてみるのも面白そうね。

「確かにそうですね。若い職人同士、勉強会や会合などの交流を通して技術を伝え合うのもいい刺激が生まれそうですわ。……新しい流行が生まれるきっかけにもなるかもしれませんし」

でもそれは今話さないとならないことなのだろうかと首を傾げると、叔母が言葉を続ける。

「今ね、その息子さんもロゼウェルに来ているのよ。だからぜひね、会ってあげてほしいの」

地元の有力な貴族と顔を繋ぐだけでも商売上有利になりやすいので、懇意にしている付き合いの長い店にいい顔がしたいのだろう。

そんな叔母の打算を感じながらも叔母が苦手だという理由で若い芽を摘む意味もないかと思うし、珍しくも叔母が私に頼みごとをしているのだから貸しを作るのも悪くないものね。

「分かりましたわ、私でよければ喜んで。叔母様、申し訳ないのですけど殿下たちをお待たせしてしまうので、よろしいでしょうか？」

失礼いたしますと頭を下げて扉へと向かう。廊下へ出ればカイルとナイジェル様が2人揃って待っていてくれた。

「ごめんなさい、待っててくれていたのね」

「いや、何事もなかったようで何よりだ」

謝罪すれば私を心配して待っていてくれたと分かる言葉に、気負うことなく笑みを返した。

玄関へ向かいながら叔母との会話の内容を2人へ告げる。

「あまり仕事を増やすとマリアさんが気の毒だから、無理はしないようにね。僕も協力するからなんでも言って」

叔母からすれば紹介した店の息子の支援のみの話だっただろうに、この街の商会ギルドと王都の商会ギルドを巻き込む事業に発展しそうだと私のことを理解してくれるカイルが面白そうに告げれば、そういうことなら私も噛ませてもらいたいなとナイジェル様も話に加わってきた。

「形になったらぜひ声を掛けてほしい。この国の商業の発展は、私も願ってやまないことだからね」

縦軸にしか繋がらない子弟制度も王都や街単位での狭い地域の発展なら問題にならなかったことが、都市間、国家間となるとそうも言えず、閉塞気味ではあった王都の商会を発展させる鍵になるかもしれないと告げてくださったナイジェル様にも歓迎いたしますと返した。

3人であれこれ話しているうちに玄関へ着き、やってきた馬車に乗り込む2人を見送り私も2人が帰ってくるだろう夕食の時間までに先ほど叔母と話した件で確認しないとならないことがいくつかあるので、マリアに声を掛けて街へ出かけることにしたのだった。

――そして時間がたち夕刻。

海へ沈む太陽の光が黄金色に海を染めゆっくりと赤みを濃くしながら色を変えていく夕焼けの空を眺めながら、深いため息をついた。

「……まさかこれほどだなんて」

いつも世話になっている仕立て屋から新しくできた店まで、くまなく回って確認した結果。お弟子さんに至るまで誰も手が空いておらず、どこの店も猫の手すら借りたいほどの盛況だそう。

『これも領主様や王都へ嫁いでくださったお嬢様のおかげです』

と、バカンスシーズンに予想をはるかに上回る旅行客の数に嬉しい悲鳴を上げている、目の下に濃いクマを飼っていらっしゃる商会の長たちから頭を下げられてしまったので、わがままを押し付ける空気すら生まれなかったわ……。なんか死んじゃいそうで、うん。

「……では、屋敷で働いている者の中から針仕事が得意なものを数名選んで話をしてみましょうか」

「そうね、それが最善かも」

マリアの声にゆっくり頷く。

使用人たちの制服や家具などに使われている布類の補修は、針仕事の得意な娘たちが担っている。

だからと言ってドレスに関する針仕事がそれと同じとは思えないので、これはかりはできるかどうかは本人に聞かないとならないわね。

「そういえば、ユーリカは王都で服の仕立ての大店で働いていた……のよね。そこで何をして働いていたのかまでは聞いてなかったけれど、ドレスの扱いは慣れてるかもしれないわ」

街道の宿屋でトラブルに巻き込まれていた王都の町娘のユーリカの存在を思い出して、マリアに話し掛ける。休みの日に街の仕立て屋を見て回っていると聞いていたけど、平日はまだ屋敷で働いていたはず。

「そうでございましたね。では戻ったら声を掛けてみましょうか」

「お願いするわ」

色彩が時刻を知らせるようにオレンジに染まった空へ、濃い青が降りてくる。

この辺が潮時かと海から吹く風を受けながら、私たちを乗せた馬車は屋敷へと戻っていった。

屋敷へ馬車が着くと、マリアは針仕事の得意な使用人たちに聞いてみますと告げ、先に屋敷へと戻っていく。

カイルたちの帰宅する時刻が近いことを馬車止めで出迎えてくれた家令のローウェンが教えてくれたので、私は自室に向かわず玄関ホールで彼らの帰宅を待つことにした。

「エリザベスお嬢様、外は暑かったでしょうから、何かお飲みになりますか？」

「いいえ、カイルたちもそろそろ戻ってくるらしいから、今は大丈夫よ。揃ったら応接間の方に用意してもらえて？」

「かしこまりました」

すぐ出せるように準備をしてまいります、と玄関ホールをあとにした侍女と入れ違いに叔母が現れる。

午後に顔を合わせた時よりおめかししていらっしゃるし、手には小さなバックをお持ちなのでこれからお出かけなのかしら？

「あら、エリザベスさん。戻ってたのね」

「はい、先ほど」

「そうそう、お茶の時間の時に話したことなのだけど、できれば早めに紹介したいの。顔合わせだけならそんな時間とらないでしょうし、明日とか都合つくかしら？」

ああ、そういえばそんなことを言ってたわね。私の都合を聞いているようで、たぶんこれは、『明日、絶対』ってところね。お相手に急かされてたりするのかしら？　……まあ商売絡みでは仕方ないかも。

「明日ですか？　そうですね、時間は取れると思いますが、詳しい時刻は夕食のあとにお話ししても間に合いますか？　叔母様もこれからお出かけのようですし」

「王都でもお世話になっている伯爵夫人のサロンに招かれているのよ。では戻ってきたらお話ししましょうね」

我が家の馬車が正門を抜けて近づいてきたのか、馬の嘶《いなな》き声と蹄《ひづめ》の音が聞こえた。それを聞いて叔母は馬車止めに向かって行ってくれたので、私はホッと息を吐きながら胸を撫で下ろす。

――よかった。たとえ紹介でも見知らぬ人と一人で会うのは少し避けたいので、お父様かカイルに同席してもらえる時間があるか聞く時間ができたわ。

そして叔母を乗せた馬車が門を出てからしばらくして、カイルたちを乗せた馬車が戻ってきたので出迎えた。人のことは言えないけれどナイジェル様も王都とは気候も全く違う不慣れな地でも変わらずお忙しそうなので、体調を崩されないように精いっぱい気を配って差し上げないとね。

「おかえりなさい、お2人ともお疲れ様」

笑顔で出迎え、応接室へと2人を通し、席へと着いたタイミングで冷たいお茶と冷菓が配膳される。あの時にお願いしておいてよかったわ。

「そういえば、こちらへ戻る時に君の家の馬車とすれ違ったよ。ワルド夫人が乗っていたように見えたけど」

お茶を飲んで一息ついたタイミングで思い出したようにカイルが告げたので、その通りだと頷き返す。

「王都にいらっしゃる知り合いのご夫人のサロンに呼ばれたそうよ」

「……浮かない顔をしているから夫人にまた意地悪でもされたのかと思った」

行き先のやり取りをしているくらいなら平和的にすれ違ったのだろうと笑みを浮かべるカイルを見て、過保護すぎるわとこぼしてから、その時の叔母とのやり取りを思い出す。

「ああ、意地悪とかではないけれど……あのね」

王都の職人との顔合わせならお茶会や夜会が終わったあとでも十分かと思ったのに、自分の用事を優先したいらしい叔母から明日中にと頼まれたことを伝えた。

もちろん、前々からの約束で、とかそうでなくともこちらに十分な余裕がある時なら会うこと自体は構わないのだけど、余裕どころか正直夜会のドレスどうしようって心の中は大慌てなのよ。

「そういうわけで申し訳ないのだけど、明日空いてる時間はあるかしら？　私はお茶会の準備で一日中屋敷にいる予定だから合わせられるわ」

「……明日は……うぐっ」

カイルより先に口を開いたナイジェル様が途中で言いよどむ。……というか呻《うめ》いたような？

そして間髪入れずにカイルが答えた。

「君のエスコート以上に大事な用事なんてないよ」

「明日は別行動で構わないだろう？　人手がいるならうちの侍従なり騎士なりいくらでも貸し出す」

私へ言葉を返したあとにナイジェル様にも言葉を投げるカイルの様子を見て、ナイジェル様にそっと視線を向けると少しばかり苦みの混じる笑みを向けて頷いてくださった。

「分かった。エリザベス嬢の身の安全の方が大事なのは私も同じだ。仕方ない、貸し一つだな」

――――うちの子が本当にすいません、ってイタズラ坊やのお母様の気持ちってこういうものなのかしら。

子供を持つ前から、こんな気持ちを追体験できるなんて思いもしなかったわ。

心の中で頭を下げつつ話題は明日の時間調整へと進み、面倒ごとはさっさと終わらせようということになり、明日はお昼前に時間を空けられると、夜になってサロンから戻ってきた叔母にも伝えた。

私の返答を聞いた叔母がそれを知らせるための使いを送った頃、カイルはマリアを捕まえて何か指示をしていた。

たぶん明日のことだろうし、重要なことならまず私に話を振るだろうからお茶菓子のリクエストとかかしら。

……なんてのんきに考えていたのだけど。

3章　叔母の問題

翌日早朝。

本日も爽やかな快晴で、太陽が高く昇る頃は暑くなりそう。

窓を開け新鮮な空気を胸いっぱいに吸い込み、カーテンを揺らす涼しい風を頬に受けながら空を見上げた。

カイルと同じ空色《あお》を瞳に写し込むと不思議に安心できるから時間があるとつい空を見上げてしまうのは、こちらに戻ってからできた小さな秘密。

そんなささやかな朝のルーティンを終え、今日のための身支度をする。夏場はいいわ、着る枚数は少ないし嵩張《かさば》らないから一人で身支度が完了できる。

外出する用事も特にないので、髪も梳《と》かしてからいつもと変わらないハーフアップにまとめて薄く化粧をして……と、これで準備完了。

賓客となるナイジェル様がいるけれど既に周りからも火傷《やけど》しそうなほど溺愛《できあい》していると知ら

れている婚約者のマデリン様がいるから、毎日過度にめかし込むとおかしな横槍を入れられかねないのよね。それに……。

「おはよう、今日も早いね。エリザベス嬢」

「おはよう、リズ。今日も綺麗だ」

どれだけ美辞麗句を並べられても、言われたものは100パーセント社交辞令と受け止めるだろう、この顔面偏差値の高さ。どう頑張ったところでこの境地に辿り着けるわけがないと、さっさと白旗を上げた私は貴族令嬢として失格な気もするけれど！

……ああ、朝から眩しいわ。

そんなことを考えながらダイニングへ向かえば、私より遅くまで起きていただろうに疲れも見せぬ爽やかなお顔で並ぶ2人から揃って挨拶を受けた。

「おはようございます。お2人こそ早くてよ。きちんと眠れていて？」

「こればかりは職業病というか、生まれつきというか」

——ああ、『職業：王族』ということかしら。

職業でまとめてもいいのかと思いながらもナイジェル様の言葉に頷き返しつつ、いつもの席へ着いて朝食をとった。うん、相変わらず実家のご飯は美味しい。

「今日の予定に変わりはない？　カイル」

メインの料理を食べ終えた頃、先に食べ終えてお茶を飲みながら一息ついているカイルへ問いかける。カイルも私以上に忙しい身だから、突然用事が挟まることもあるだろうし。

「うん、大丈夫。僕もこっちも変わりない、昨夜と変わらず君に合わせて動けるよ」

こっち、っていうのはナイジェル様のことよね？　もう一々突っ込むことにも疲れてきたのでスルーして話を進める。ご本人がさほど気になさってないようだから、私も気にするのはやめることにしよう。

今日は確認事項が多いだけらしいので、ナイジェル様にはカイルの侍従の確か……コンラートさんたちが同行するらしい。

私の不幸の元のような2人は、ロゼウェルや王都からもはるか彼方。

ここは私のホームとも言える、味方しかいない故郷。

叔母様一人では私やお母様に嫌味を言うくらいしかできないはずだから、大したことにはならないだろうとタカを括っていた基本的にポンコツ気味な自分を叱りたい……。

◆◇◆◇◆

いつも以上に早起きだったのは叔母との約束の時間を作るため、午前中の執務を巻きで終わらせる必要があったから。

たとえ相手が顔も知らない相手だとしても、顔を合わせるのに気もそぞろでいられたら誰だって嫌だろうし、ロゼウェルの職人たちの技術を学びたいという人は歓迎しないとだものね。

「リズ、そろそろじゃないか？」

そんなわけで一通り執務を終えた頃、ノックの音に顔を上げて扉へ視線を向ければカイルが約束の時間になると顔を出してきたので、処理を終えた書類を片付けて腰を上げた。

「ありがとう。でも、こんな侍従みたいに伝令役とかしなくてもいいのよ？　あなたの部屋に今行こうとしたところなのに」

「辺境伯家にはお世話になりっぱなしだからね。君の役に立てるなら御者役だってやりたいくらいだ」

「その時はカイルが退屈しないよう、私も御者台に座ろうかしら。トーマスは危ないからって許してくれないのだもの」

馬車の御者台なら、どうにか2人横に並んで座る広さもあるし、カイルが隣にいるなら安心して座ってられるわよね。

馬車の小さな窓から眺める景色より、前面に広がる景色を眺めてみたいじゃない？

年頃の令嬢というか、既婚の夫人としてははしたないって言われるだろうけど、小さな頃からあの席に憧れていたのだと告げれば、カイルは『君らしい』と笑ってくれた。

途中でマリアと家令のローウェンと合流して応接室の前で立ち止まり、手のひらで頬を数回叩いて来客用の顔を作るために気を引き締めた。

そして一呼吸ついてから皆で客と叔母の待つ応接室へと入れば、ソファに座る叔母とその隣に控えるように立っている青年が一人。

この方が紹介したい職人の息子さんなのかしら。

陽光の下でなら金髪に見えそうな明るめの栗毛を後ろに束ね、品のある礼装を着こなす姿は貴族のように見えるから、叔母からの話がなかったら職人とはまず思わなかったに違いない。

叔母が面倒を見るくらいだからどこかの家門の出なのかも、子供の多い家ならならない話でもないし。

でもなんだろう、どこか見覚えのあるような……？　支店の立ち上げの時、王都中の仕立て屋を視察して回っていたからどこかで会ったことでもあるのかしら、と首を少し傾げながら叔母と向かい合うように腰を下ろした。

「叔母様、その方がお話しされていた方ですか？」

「ええ、私もよくドレスの仕立てを依頼したお店の息子さんで、もちろんセンスもいいのよ」

お店を立て直すために郷里を離れて勉強しようだなんて立派だと、そう彼を誉める叔母はどうやら本当に気に入っているらしい。

そして後ろに控えるように立っている青年へ叔母が顔を向ければ、話す許可を得たと察した彼は私たちに対して恭《うやうや》しげに胸に手を当てながら頭を下げる。多少くどさのある所作だけれど貴族とのやり取りに慣れているだろうという気配は見て取れた。

「はじめてお目にかかります、ワルド子爵夫人から今や王国の貴重なる華であらせられるロッテバルト侯爵夫人の尊顔を拝する機会を与えてくださったこと、誠に感謝がつきません」

「まだあなたに何もしていないし、何ができるかも分からないのだから、そこまで畏《かしこ》まらなくても構わないわ。どんなお仕事をされていたのか教えてもらえる？」

下の者からは畏まれるだけ畏まれたい、みたいな貴族はかなりいるので目の前にいる青年の姿勢は対侯爵夫人としては妥当なのだろうけど、私はそれを面倒と感じる性質なので先にそれを言い、本題へと話を移らせた。

「はい、王都では仕立ての仕事に幼い頃から携わり、針仕事からデザインまで父や兄弟子たちから叩き込まれました。この機会にぜひともロゼヴェルから吹く新しき風を吸収したいのです」

先ほどの言葉だけで私の意図を理解したようで、言葉自体は丁寧《ていねい》であるけど華美な装飾を取り外し簡潔な言葉になった。顧客の意図を理解してすぐに実行に移せるのなら、実務面だけでなく営業の方も才があるのかも。

あとは、どの程度の技術があるか、よね。

叔母がドレスを頼んでいたという話ではあるけれど……。

「こちらに着いてからさまざまな店を見学いたしまして、私なりに作ってみたドレスをどうかご覧になっていただけませんか」

あら、切り出さなくても済みそう。

「用意がいいのね。分かったわ、見せてちょうだい」

そう告げれば、青年は背後から大きな衣装ケースらしい箱を取り出した。ロゼウェルで流行っているデザインを参考にしているのは、箱のサイズ感でも分かるのよね。ドレスを膨らませる枠やバニエを使わないものを独自の手法でどう作るのか。楽しみだわ。

「こちらでございます。侯爵夫人のために拵えました」

取り出した衣装をトルソーへ着せて、私たちに披露した。私がつい先日ダメにしてしまったあのドレスにとてもよく似ていた。

「えっと……近くで見てもよろしくて？」

そう告げてから、ドレスへ近づいてみる。

近くで見ればあのドレスにはあった銀糸の刺繍や小さな宝石のビーズを縫い付けてはいない

から、別物で間違いはないのだけれど……、それにしてもよく似ているわ。

「縫製はしっかりしていて裏地も丁寧に付けられているのね。……ああ、そうなの、ここは肌に密着するから汗染みが気になるのよ……」

夏場のトラブルが起きがちな部分への対応もしっかり取られているのは、この青年の経験の多さを物語っているのだろう。ドレスを真剣に眺めている間にそっと扉の開く音が耳へ届いたけれど、お茶のおかわりでも運ばれてきたかしら、と思っただけで視線はドレスへ向いたまま。

「まだ名前を伺っていなかったわね」

形が多少似るのは流行を追うのなら仕方のない話だと最初に浮かんだ疑問は押しやり、青年の名前を聞いた。

「私の名は――――」

「レナード!」

カイルより少し低い声で傍に控えていた青年が私の促しで名乗りを上げようとしていたはずなのに、耳に届いたのは甲高い声。

ドレスから視線を外し、声のする方へ顔を向けると、そこにはユーリカがポットを抱えた手をわなわなと震わせながら青年を見つめていた。

◆◇◆◇◆

ユーリカと彼――レナードの一声で私を含めその場にいたものは、状況を一瞬で飲み込んだ。

「ユっ、ユーリカ⁉　なんで君がここにいるんだ？」

「あの宿屋で奥様に出会って助けてもらったのよ、恩返しに働かせてもらってるの」

悪い？　とユーリカが凄むとタジタジな様子でレナードが怯《ひる》む。

使用人《うちのこ》たちに囲まれて生活していたからかすっかり逞《たくま》しく……元気になったわね。宿屋での印象を目の前で塗り替えていくユーリカの手からマリアがティーポットを受け取ると、ユーリカはそのままレナードへ詰め寄っていく。

「あんた、まさかあたしだけじゃなく奥様まで騙そうとしてたの⁉」

「騙すだなんて、そんなこと僕がするわけないだろう？」

「あんなところで置き去りにしておいて、どの口が言ってるのよ！」

うん。修羅場だわ……。

カイルどころかマリアも引き気味で誰も止めようとしてないというか、どう止めたらいいのかしら、これ。

「あ、あの村だったら一人でも帰れる場所だと思ったんだよ……。それに無一文だったから宿屋の亭主にも巻き込まれたと思われたんだろう？　なら重い罪にも問われなかったはずだ」

「勝手なこと言わないでよ！」

ユーリカが叫ぶ。

女なら軽く済むに違いない、という軽い気持ちだったと言いたいのかしら？

これ以上は彼女のためにもならないと思ったので、口を挟むことにした。

「無事に帰れる保証なんてあるわけないでしょう。街道沿いの治安が多少よくなったといっても護衛も連れず、うら若い女性が一人で行動することは今だって危険なことに変わりないわ」

「あの村は街道の警備隊の詰め所もあったから他よりは安全だと思ったし、ユーリカは被害者なんだから宿屋から詰め所に連れていかれればそのまま警備隊が王都まで送ってくれると思ったんだ」

勝手すぎる言い草だけれど、一応ユーリカに危険が及ばないように多少は配慮していたのね。

確かに彼の思惑を何も知らなければ、共犯者とは思われなかっただろう。実際あの地で宿屋の主人も彼女を巻き込まれたかわいそうな女性、と見ていたものね。

「王都に戻ってもどうにもならないわよ。あなたと一緒にこの街へ移り住むつもりで家も処分したし、仕事だってやめたのよ。まとまったお金だってあなたに預けたきりで王都に戻ったとしても、どうしたらいいのよ」

「き、君は僕と違って友達も多いし……しばらくは困らないと思ったんだよ。この街でひと稼ぎしてから迎えに行くつもりだった……。僕はチャンスを掴《つか》むためにも、どうあってもロゼウエルに行かなければならなかったんだ」

「置き去りにされてもそう思えるほど私とあなたに信頼関係があったと思ってるの？　お金のために、あと腐れのない孤児に近づいてきたとしか思えないわ」

「そんな……ユーリカ」

……あら、最初から騙すために近づいたわけじゃなかったのかしら？　でも当事者である彼女がそう理解してないならユーリカの体験したこと全てがユーリカの真実なのだし、互いに譲れない真実があったとしても、ひどい目にあった彼女の方の真実の方が重いと思う。

言葉に出さなければ伝わらないことなんて山ほどあるのに……と思ったけれど、私だって人のことが言えないくらい言葉にできず心の中に抱えたままだなと、小さくため息をついた。

「君には街道警備隊から通達を受け街中の商会や店に君が訪れたら、憲兵に通報するよう話が回っている。職を探しにこの街へ訪れたという話が真実であるなら、もっと早く捕縛されていたはずなのに、どこの商会からも君を目撃した話は出てこなかったのはどうしてだい？」

私がため息をついたタイミングでそれまで動きを見せなかったカイルが席を離れ、私の傍に立ち、レナードと叔母を視界に収める。カイルの説明を聞いた彼が、この街の憲兵に追われている身なのだと初めて知ったような顔をしたのが不思議だった。

「それは……なんの伝手もないままでは大した店に入れない。ワルド子爵夫人が口利きをしてくれると言うので……この街に来るようにと」

「叔母様が？」

「だからどんな手を使っても来るしかなかった。貴族ににらまれたら服飾の店を持つことも職人として大成することだってできないだろう……」

「だったら、ちゃんと話してくれたらよかったのに」

見栄っ張りなんだからとユーリカが呆《あき》れたような口調で呟いた。

「旅費を賄《まかな》えるだけの稼ぎがあるはずだったんだよ。夫人が紹介してくれた客が、舞踏会のドレスに加えてバカンスの衣装まで何着も発注をくれたから……」

『バカンス用途の衣装やアクセサリーに特注の旅行鞄などさまざまな小物類。それらを突然キャンセルされた』

……………あ。

ものすごく思い当たる節《ふし》があるのだけど……そんなまさか。

「僕は仕事場にこもりきりで店主……いや、親父から金がないと言われたのも本当に旅立つ直前だったんだ。君へはあとでいくらでも謝れるし、大金を稼いでくれれば許してくれるだろうなんて思ってた」

ユーリカ本人と周りからの言葉で思い込みの壁が壊れたか、レナードがユーリカの前に膝をつくように床に崩れ落ちた。

そんな彼らの様子を眺めていたカイルが、仕方ないなという顔で口を開いた。

「困ったな。本人の口から告げてもらうのが一番だと思ったのだけど、彼が今までこの街で目撃されなかった理由は、ワルド夫人の指示でとあるホテルの一室に潜んでいたから……だよね？」

「はい、とある令嬢から受け取ったドレスを元にして一着誂《あつら》えろと言われたので、この街に着いてから、ずっと宿の部屋の中にこもっておりました」

とある令嬢って……。

「そうか。……じゃあ、リズはあのドレスを見て一番に何を感じたのかな？　一瞬言葉を詰まらせたよね」

「ええと……、あのドレスにそっくりだなって」

突然振られた問いかけに、私は素直に感じたことをカイルに伝える。

「男爵家の令嬢なのは確かだったから、部屋へ踏み込まず外からの監視だけで収めた遠慮が仇になったね。ドレスを取り戻しにさっさと押し入るべきだった」

「まさか、ミリア男爵令嬢と同じ部屋にいたの？　仮にも結婚前のお嬢さんになんてことを」

「レナード！　あなた私と一緒になるとか言っておいて、他のお嬢さんと暮らしていたの？」

あまりの事実《こと》に私とユーリカが同時に叫ぶ。

「ち、違う。誤解だ、僕は使用人の控えの部屋を借りてこの服を作っていただけで、あのお嬢様とはろくに顔だって合わせちゃいないよ」

「でも同じ部屋にいたんでしょう？　この街へ来てからずっと！」

騙されて置いて行かれたことよりはるかに分かりやすいくらいに怒っているユーリカへ近づき、宥めるようにその背をポンポンと軽く叩いてあげる。

でもどうして叔母様が紹介したいと連れてきた職人が、ミリア嬢と一緒に行動していたのかしら。

「カイル……もしかして」

確かプレゼン会を開く少し前に、ミリア嬢のことを調べてくれていたカイルが告げた言葉を思い出す。

『少し面白い繋がりが出てきたので、しばらくは僕が注意を払っておくよ』

「もしかして、シーラ男爵家は叔母様と繋がりのある家門なの？」

「ご明察。正確に言えばワルド夫人の実家の分家筋らしいよ。まあ血筋から言えば、ほぼ他人くらい遠い筋みたいだけどね。でもロゼウェルを治めている辺境伯家と縁続きになっている領主の妹君の誘いだ、保護者付きならミリア嬢の一人旅でもそう深くは考えずに送り出したのではないかな」

連れ出しても騒ぎにならず、身内とは分かりづらい令嬢を連れ出し、私と接触させてドレスを持ち出したということ？　それでも職人の職探しの手助けをするにしても繋がりの浅い貴族令嬢を巻き込むような真似をする意味が理解できないのだけど……。

「叔母様、一体どういうことなのです。説明をしていただけますか？」

この騒ぎの中黙ったままでいる叔母へ話を向けた。一度私の顔を見るように視線を向けたけど、すぐにそらして扇を広げて口元を隠す。

「なんのことかしら……わたくしは頼まれたからこうして場を作っただけ、それだけよ」

「ワルド夫人。何も持たない人間にとって『正直』は最後の美徳だということを知っておくといい」

都合が悪くなると自分は関係ないと感情的に怒鳴り散らしてうやむやにしてしまう叔母の先手を打つようにカイルが言葉を紡ぎ、懐から数枚の紙……これは書類かしら？　を取り出して私へそれを手渡した。

「面白い繋がりがもう一つ出てきたんだ」

と告げるカイルの声になんだろうと書類に視線を落とした。

「これは……請求書に…………借用書？」

「ああ！　あなた！　何を勝手なことを!!　エリザベスさんには関係ないものよっ。渡しなさい！」

まだ書面を読み始めもしないうちに叔母が椅子から立ち上がり、私へ向かいながら腕を伸ばす。その手が届く前にカイルが私の前に立って叔母の動きを押さえてくれたので、再び書面へ視線を落とした。

どれもドレスや装飾品の購入に使われたらしい、未払いのものばかり。

全て叔母の名で作られたものだった。

「叔母様、これはどういうことなのです？　叔父様の王宮官吏としての俸給では到底賄いきれると思えない額の買い物をされておいでなのですね」

新しい事業を起こしたり、社交界へ参加するために借金をして、無理をしてでも体裁を取り

繕う家はそう珍しいものでないし、踏み倒したりするわけではないきちんと返す当てのある借金であれば、経済を回すために必要なこともあるから悪いことだとは思わないけれど。

流石に目を疑うような金額が並んでいては、別の話だわ。

生真面目な叔父の性格を考えてもとても返済しきれないような額の借金をしたり、身内がそうすることを許すタイプとも思えないし。

もし、する必要があるとしても、その場合、叔父様はお父様を通して金策をされると思うのよ。

この慌てようを見ると、これは叔父に内緒の借金に違いないわよね……。

お母様や私のように、個人的な蓄えや収入源を持っているなりして返せる当てがあるわけでもないでしょうし。

「ねえ、エリザベスさん。あなた、何か誤解しているようだけど……きちんと返す当てがあるのよ。だから安心してちょうだい、ほらっ！　それよりお話の続きをしましょうよ、ねえ」

「叔母様、この状況で街の人間に彼を紹介するなんて到底無理な話ですわ」

「店や職人を頼らなくても構わないわ。あなたも見て分かっているでしょう？　彼は一人で店を構えるだけの腕があるのよ。そうだわ！　なら、あなたが出資者になって店を構えればいいのよ。それならこの街で仕事をすることに変わりはないもの」

「叔母様、余計に無茶な話を始めた自覚はあります？」

「無茶ではないでしょう？　エリザベスさんもデルフィーヌ様と同じようにお仕事されているじゃないの。王都でしたように店を一つ作るだけよ。あなたの名前を貸してくれさえすれば、この街で失敗することもないでしょう」

だから損にはならないわと告げる必死の形相の叔母と、話が突然飛躍してうろたえているレナードの顔を交互に見つめた。元からこれが目当てだったわけじゃなさそうね。

「ふっ夫人、私はこの街に王都にはない技術《もの》を学ぶために来たのでっ……」

「いいのよ、あなたのお父様の店が掲げていた王妃様の名前よりは劣るけど、この街でならこの子の名前は王妃様以上の価値があるわ。そしてこの子にあなたの作ったドレスを着させて舞踏会に出させればいいの、王都の店の盛況具合をあなたもよく知っているでしょう」

経営は男性がするもの、高貴なものは働かず下のものを使う……みたいな古い世代にありがちな貴族令嬢の叔母の理解力からすれば、お金儲けはさも簡単そうに見えているのか、気まぐれで無理難題を押し付けようとし始める。

私や母の努力や苦心はないものというか、男性の助けがあってのものだと思っているのかもしれないわね……。

それについては言っても仕方がないことだけど、ちょっと待って。王妃様の名って……。

「レナード、あなた……」

「リズ、彼の方はもうしばらく待ってくれるかい？」

頭に浮かんだ疑問を晴らそうと声を上げたと同時に、叔母を見据えたままのカイルが言葉を被せて私の発言を制した。

「まずは夫人の方から片付けよう」

「……片付けるだなんて、いくら大公閣下でもあんまりですわ」

まるで面倒ごとのように言い放たれた叔母が声を上げた。

実際面倒ごとを持ち込んだのも、それをさらに大きくしようとしたのも叔母なのだし、フォローするつもりも起きなかったから彼の指示に従って口を閉じた。どうやら全ての元凶のようだし……。

「さて、レナード。この請求先は君の働いていた店で間違いないかな？」

「はい。夫人は私がまだ見習いで店に入る前から父を贔屓《ひいき》にしてくださっていた顧客です」

「それぞれのドレスの値段は安い方だと思うが、枚数がすごいね。よほど頻繁に茶会やサロンへお通いになっていたのかな？」

同じものを着ているという目で見られたくない、というのは今現在私が直面している問題でもあるのでその気持ちは分からないでもないけれど、あまり裕福でない家のご夫人や令嬢は参加する席をある程度絞るだろうし、手持ちのものにある程度リメイクやアレンジを施して別物を着ているように振る舞うものだ。

夫の事業のあと押しのため社交界でも顔を繋ぐ必要があり努力を惜しまないご夫人もいるけれど、王宮に勤めている叔父にはそういう助力はあまり必要ないだろう……と、思う。それにあそこまで焦る叔母を見れば、叔父に黙って積み重ねた借金に違いない。

「溜まったツケの額を減らすなり、なくすなりの約束でもしたようだ。条件はなんだろうね、後継者をこの街で成功させることかい？」

確かにロゼウェルに吹いた流行の大きな流れに乗ろうと王都から職人が流れ込んでいるので、何かの縁がなければよい職人の勤める大店に入るどころか小さな工房ですら見習い希望者があふれていると聞いた。

この街の領主であり、事業の大半を押さえ大きな商会長たちとも懇意にしている当家の口利きがあれば無理を通せるかもしれないけれど、お父様やお母様も商会長たちに要らない借りを作ることなんてまずしないだろう。

……ああ、だから私に白羽の矢が立ったのかしら。

「我が家の事情なんて閣下に関係のないことですわ。口出しなさらないで」

「関係なら大いにある。夫人は私の明けの明星《いちばんぼし》を侮った」

「は……？　何をおっしゃって…………」

ダンスホールでカイルが私をそう呼んだからどうにか理解したけれど、叔母の気持ちがちょっぴり分かってしまう。というかこんな状況なのに、あの時を思い出して頬に熱が集まってしまい、ものすごく恥ずかしい……。

思わず頬を赤らめていれば、傍にいたマリアを含む侍女たちの視線が私へ集中していることに気付く。まあ、とばっちりを受けたくないから叔母へ視線を向けたくはないだろうし、カイルの顔を不躾に凝視するわけにもいかないのは分かるけれども！

なんで、そんなロマンス劇を見ているかのような瞳で見てるのよ……ああユーリカたちまで、あなたたち、さっきまで喧嘩《けんか》してたでしょ？　なんで手を取り合ってこちらを見てるのよ。こら、うっとりしない！

「それに辺境伯家は領地も隣り合わせで私の両親も世話になっている、私にとっても家族のような方々だ。そんな人たちの不利益になりそうな芽を見逃すとでも？　……まったく、あのまま大人しくしてくれていれば私の知り得たことを表に出さず心のうちに留めるなり、問題になりそうなら夫君たちも穏便に済むよう話をしようと思っていたのに、残念だよ」

流石に知ってしまったので放置はできないが叔母の不利益にできる限りならないよう、私や母を丁重に扱うことを条件にすることと引き換えに解決への助力をするつもりがあったとカイルが告げた。

叔母がきちんと問題に向き合い反省してくれるのであれば、私だって協力を惜しむ気はなかった。誘惑に負けてしまったり失敗することは、誰にでも降りかかる問題だろうから。

でも叔母はさらなる甘言に乗り、私を利用することで解決しようとした……のよね。身内に不幸が降りかかってできてしまった借金なら助力する気も起きるけれど、自分の見栄のために叔父の目を盗んで拵えた負債へ手を貸す理由はないもの。

「そうですね。私やローズベル家の資産を勝手に利用する気でいてもらっては困りますわ」

「辺境伯にこの話は報告済みだ。今日の話の方向次第では穏便に済ませようという方向で話をしていたが罪を犯した人間をこの屋敷に引き入れたうえ、ロッテバルト侯爵夫人の資産へ手を出そうとした。官憲に突き出されても仕方がないことをしている自覚はあるのかな？」

「そんなことされたらあの人……フィリップに離縁されてしまうわ！　お願いよ、やめてちょうだい」

自分のやろうとしていることは罪なのだとカイルの言葉で理解したのか、悲鳴に近い声を上げてカイルに縋《すが》りつく。その矢先、応接室の扉がノックもなしに開かれた。

「やめないか、テレーズ！」

「あなた!?」

「叔父様⁉」

突然開いた扉へ顔を向ければ、飛び込んできたのは私の叔父に当たるフィリップ・ワルド子爵だった。到着した早々こちらに来たのかしら、旅装姿と乱れた髪に叔父の慌てようを感じ取れる。

そんな叔父は叔母へ目もくれず。私たちへ近づくと、カイルの前で深々と頭を下げながら膝を折った。

「リューベルハルク大公閣下、エリザベス。大事となる前に知らせてくださり誠にありがとうございます」

「王都からは既に離れてこちらへ向かっているだろうと思っていたから、すれ違いにならなくて何よりだ、ワルド子爵」

先ほど叔母に向けていた温度を感じさせない冷淡だった声色が温度を取り戻し、叔父に向けられる。ああ、これは叔父に関しては怒りを覚えていないのだろうと少しだけホッとした。

「いくら仕事で忙しかったとはいえ、妻のしでかしたことに気付きもせず今まで放置していた私の落ち度でございます。もちろん兄たちに迷惑をかける気もありません。私の持つ爵位と財産全てを売り払ってでも負債を返済する所存でございます」

「あ、あなた……そんなことしなくてもいいのよ。もうあの店主とお話はついているの、それに爵位を売るだなんてあなた正気ですの……ッ!!」

「話がついているだと？　そこの若者たちや親類の大事なご息女、そして我が兄の大事な愛娘であるエリザベスを己の利のままだけに利用して成しえる話など、道理としても通るわけがない。君は自分が何をしようとしたのかも自覚がないのか？」

大きな声を上げた叔父を見るのは、これが初めてだった。貴族らしくないと立ち振る舞いを叔母に叱られて困った顔を浮かべながら笑っていらっしゃる姿が想像できないほどの強さだった。

「子爵。夫人の沙汰については、このあと辺境伯たちも合流してから話し合うことにしよう。それまで夫婦でじっくり話し合っておくといい」

叔母も叔父に怒鳴られたのは初めてだったのだろう、この部屋で顔を合わせた時とは違い、しおれたような姿で叔父に手を引かれながら部屋を出ていく。扉の向こうに控えていた当家の騎士の姿を見て一瞬びくついたように見えたのは、自分の罪が投獄されかねないことだと理解したからかしら。

実のところ、名前を貸してほしいとのやり取りがそこまで重い話題になるとは思わなかった……というのは心に秘めておこう。

王都でもようやく芽吹いてくれた信用に関わるから気軽にはできないことではあるけど、叔母の剣幕に耐性がない自覚はあるから、カイルがこの場にいなかったら……と思うと自ら最悪の選択に踏み込みそうで小さく身震いしてしまう私だった。


部屋を出ていく叔父たちを見送ったあと、応接室に残された私たちの周りには静寂が広がっていたけれど、それを破ったのはカイルの声だった。

「大丈夫、子爵の身分や財産が失われるようなことにはさせないよ」

「そうなの？」

「ああ、あの場で厳しく告げたのも、夫人自身が自分の思うまま利己的に振る舞えば大事なものを全て失いかねないと悟らないといけないからだ。これで少しは身に染みただろう」

あれで、少しなんだ。

そうカイルにすら思われてる叔母様って褒《ほ》めるわけじゃないけど、なんだかすごい人なのね……。

「子爵が失脚でもしたら、限りある有能な官吏をダメにするなとナイジェルから怒られるだろうし、かといって君に何か不利益が生まれたり傷つきでもしたらオリヴィア様から恨まれかねない。いい塩梅《あんばい》に収まりそうだ」

——王族案件になりかねなかったのね。それは確かに大事になる前でよかった。

でも矛先がカイルに向いていたような……？

でも王妃様にそこまで心配していただいていたなんて、ありがたいというか……くすぐったいというか不思議な気分。

ひと月前は雲の上のような憧れの方だったのに……。

「さて、次は君たちの番だ」

扉の方へ視線を向けていたカイルが、再び部屋の奥にいるユーリカたちへ振り返る。

すっかり観念し切ったように俯《うつむ》くレナードと、その傍に寄り添うユーリカ。

これが彼らの当たり前の距離だったのかしら。

「僕が積み重ねた罪を償う覚悟はできています……大公閣下」

「この件に関して処分を決める役目は僕ではない。頭を下げるべき相手は他にいるだろう？」

「は、はいっ」

「ただ、その前に一つ、君へ問おう」

視線を寄り添うユーリカへ向けるよう頭を起こしたレナードに、カイルが話しかけると、レナードの頭が再び下がる。

「なんなりとお聞きください。どのようなことでも正直に告白すると誓います」

「いい心がけだ。では問おう、レナード・ルウゼ。君はあのサギー・ルウゼの後継者なのは間違いないはずだ。どうして店の名を出さなかった？」

それどころか、彼はファーストネームしか名乗らなかった。

ラストネーム、いわゆる家名を表す名字を持たない庶民は多いが、商人は店の名と格を上げるために名字を名乗る人が多いし、店の名が職人としての大きな後見にもなる。

それがないまま見知らぬ土地で働くのなら、見習いからの再スタートになるかもしれない。今回は彼の腕を見せるという行為がなければ、私も戦力としての紹介はできないと断ったかもしれないし。

「出したくなかったのです。過去にしがみつき、あのように貴族まで騙して再び成り上がろうとしている親の名を。僕もその立場を利用していたけれど、そうでもしないとあの場所から逃げ出すこともできなかった。僕には誰にも負けない技術がある。でも……未来がなかったのです」

自業自得ではあったけれど、王妃様から捨てられたルウゼの名は職人からすれば呪いなのだろう。

彼の名を聞けば、王都の他の店が彼を雇い入れるわけもない。

古い伝統に凝り固まった貴族や資金力のない下級貴族が偽物のドレスを安く買うから、どうにか店として体裁は保てていた。だがそれも、王都へ吹いた新しい風が吹き飛ばしてしまうかもしれない不安が渦巻いた。

…………だから叔母の誘いに乗ってしまった。

ロゼウェルで伝手を作れれば王都のしがらみから逃げる手立てが作れるうえ、自分の腕があれば成功するはずだという望みに縋った、と告げる彼の目から溢れる涙は、その未来が閉じていく絶望なのか、それとも彼女を自分の利己的な思惑に巻き込み危険な目にあわせた後悔からか……どちらなのかしら。

「焦るあまり、ユーリカを騙してあんな場所に一人で置き去りにしてしまった。ユーリカは何も知らない弱い女の子だから、きっと罪に問われず保護されるものだと思い込んでいた……ユーリカ、もう謝ったところで許されることじゃないのは理解してる。今さら謝罪だなんて遅すぎるって分かってるけど、ごめん、本当にごめん。大切な幼馴染を犠牲にしていいことじゃなかった」

彼の謝罪の声のあと、聞こえるのはユーリカの言葉だろうかと私もカイルも周りの使用人たちも誰もが口を挟めずにユーリカたちを見つめていると、部屋に響いたのはユーリカの声ではなく甲高い衝撃音。

パァン！

ユーリカの右の手のひらが、レナードの頬にクリーンヒットした音だった。

そして彼自身、ユーリカの行動を予測もできなかったようで、そのまま横に流れるように倒れ込み、頬を押さえたまま彼女を凝視して固まった。

「ホント！　ほんとに遅いのよ！　ほんの一言迎えに来るからって言ってくれるだけでよかったのに。私は馬鹿だから、あんたのその言葉だけでおばあちゃんになっても待ってたわよ！　ただの幼馴染で恋人というほど近くなれなくても頑張るあなたを見ているだけでよかったのに、一緒になろう、店を持とうって言うからぁ……信じちゃったのに。目が覚めたらあなたがどこにもいなくなっていて、宿屋のおじさんに怒鳴られるよりもあなたが黙っていなくなるほど、私はそんなに信用されてなかったのかって、それがどれだけ怖かったのか分かってないでしょ！」

私と出会ったばかりの時は捨てられたと彼を恨んで通報に協力したけれど、時間が経てば経つほど彼のことが気になって、もしかして事故にあったり事件に巻き込まれたのじゃないかと無事をただ知りたくて、休みになる度ロゼウェルの仕立て屋を回って彼を探していたと、彼女は続けた。

熱心に職探しをしていたのかと思ってたけれど、助けた私たちにそんなこと言えないものね。

そんな不安を抱えながら過ごす日々はどれだけつらかっただろう。

あの裏庭の小さな小屋の中で、カイルからもらった押し花を眺めながら誰にも知られてはいけなかったあの寂しさを思い出して胸が苦しくなった。

「お、奥様。立て替えていただいた宿代やロゼウェルまでの馬車代はもちろん、彼が迷惑をかけた全てを私が責任もってお返しします。どこにでも謝罪に行かせてもらいます。私のためにしてくださったご恩を仇で返してしまうようで申し訳ないです、でもレナードを、彼を許してください」

ユーリカがレナードの前に立ち、私たちに頭を下げる。

「宿の代金は払ったから、被害にあったのは騙されたことだけだけど……ユーリカはそれでいいの？」

「はい、謝ってくれましたから。これが最後だけど騙されてあげます」

「だ、騙してなんて……」

「お父様のこと嫌っているのに時折見栄を張って同じ振る舞いをするの、気付いてるよね。その度に後悔してるから騙されてあげていたけど、もうここにはお父様もいないしあの店の名もあなたの背にないわ。だから騙されてあげるのは、もう最後だから」

「うん、うんっ……分かったよ、もう黙って勝手なことをしない」

「それに私は幼馴染のままなの？」

「……こんな僕でいいのかい？　でも……約束する。もう泣かせないから、傍にいてください」

なんだか丸く収まるどころか、出来のよすぎるお芝居を見ている気持ちになるくらいの大団円。

あ、でもカイルの意見も聞かないとダメよね。私が無理やり巻き込んでるんだから。

……と思ったから、そうするべく、隣に立っているカイルに視線を向けた。

同じようなタイミングで彼も私へ何か囁こうと腰をかがめたから至近距離で視線が重なってしまい、さっきまで少し苦しかった胸が大きく高鳴った。そんな場合じゃないのに胸の高鳴りがなかなか収まってくれなくて、このドキドキする胸の鼓動が彼に聞こえてないかって気になって仕方ないけれど、目の前の騒ぎを収拾させないと……。頑張れ、私。

「レナード。ユーリカがあなたを罪に問わないと言うのなら、私も事を荒立てるつもりはないわ。ギルドや商会長、街道警備の人たちへは解決したと話をしておきます。でもお金はあなたがきちんと働いて返すと約束してちょうだい」

「はいっ、もちろんです……。仕立ての仕事でなくてもどこかの家の下働きでもなんでもして返します」

「なんでも……、ね。そう……なんでも」

ああ、今気が付いちゃった。

ロゼウェルの街中捜し歩いても見つけられなかった『手の空いている仕立て職人』が目の前にいるわ……。

しかも飛び切り腕の立つ。

王都にはないデザインのドレスを模倣であれ、見ただけのものをあの日数で問題点すら改善して、それも一人で完成させているのだもの。腕が立つって自分で言うのも分かるほどの腕よね。

「私のドレスを仕立て直すお仕事も、その『なんでも』のうちに入るかしら」

「……リズッ!?」

「奥様!?」

レナードの隣に立つカイルの背中から顔を覗かせて告げた私のお願いに、応接室がまた騒がしくなった。

4章　2人だけの時間

ただ叔母様に私が任されたお茶会の口出しをさせない、という目的で始まったはずなのに、以降十数年は口出しされない環境が整ってしまった。

『里帰りで戻ってきた時はリズちゃんに甘えましょうね〜』

とか、お母様が言っていたので、これはこまめに戻ってこいということなのかしら。

もちろん街道沿いの整備の視察も兼ねて、行き来する機会を増やそうと思っている。季節ごとの違いも知りたいし、それに街づくりは街道の工事を終えてからが本番だもの。

さて、遠い未来の話に意識を飛ばしてる暇はないのよね。今は目の前に迫るお茶会の準備に集中しないと。

お茶会の衣装は、嫁ぐ前に作ったドレスの中でお気に入りのものを手直しすることになった。ある意味、嫁ぎ先に持ってくる必要なしと言ってくれたあのバカのおかげでこちらのワードローブは無駄に充実しているのよね。

デザインの古さが出てしまうものもあるから、全てがそのまま使えるってわけにはいかないのだけれど。

仕立てる時間の余裕がないと言っていた馴染みの職人が、アドバイスするくらいの時間は取れるということで、レナードとあれこれ話し合い、アレンジするデザインも決まり、今は作業を進めているそうなので、ぎりぎり間に合うとの話。

こればかりはレナードたちを信じるしかないので作業を邪魔しないよう見守ることに専念するとして、残る問題はまだ少し悩んでいるお茶の選定……。

基本的なものは先日のプレゼンに出したもので確定しているのだけれど、なんというか私の好きなものを出している『だけ』な気がしてたまらない。お茶会が終わったあと、思い出として語られたり、令嬢たちの話題になって、それがロゼウェルの発展に繋がるなら尚いい。

女性の間で必ず話題に上がるような何かがあるといい。お母様がよく言う『娯楽として楽しめるうえ商売としても成り立つ』ようなそんなもの。街の紹介だけじゃなくて発展に繋がるような……ワガママな願いかしら。

そんな雲をもつかむような漠然とした悩みに頭を抱えているうちにお茶会の期日はすっかり目の前、いいアイデアも出ないのでもう諦めようと思った朝の出来事。

「リズ、今日も忙しいかな？」

朝食を終え、本日もお忙しいナイジェル様を屋敷から送り出したタイミングでカイルが話しかけてきた。

「いいえ。もう準備も済んでいるし、明日の本番に向けて最後のチェックをするくらいかしら」

「なら、僕に君の時間を少し分けてもらえるかな？」

なんだろう？

もちろん、今までたくさんの手助けをしてくれた彼の申し出を断るわけもない。

彼も忙しい身であれこれ気を配ってくれるのだから、時間があるのならゆっくり美味しいお茶でも、と誘いたいと思っていたところ。

「ええ、あとはドレスの最終チェックと料理長たちと進行の確認を取るだけだから、遅くならなければ大丈夫。それで何をするの？」

「それは着いてからの楽しみにしておいて。リズは外へ出かける支度だけすればいいから」

帽子も忘れずにと言ったから、買い物やサロンへの誘いではないのかしら。

せっかく故郷に戻ってきたというのに仕事と社交ばかりで、最近は庭園を散歩する時間も取ってなかったわね……。

ここまで来たらもう悪あがきをする時間も確かにないし、明日は笑顔でゲストをお迎えしないといけないからカイルの誘いをありがたく受け取って気分転換をすることに決めて、出かける支度にとりかかった。

どこに行くのかは教えてくれなかったけど、馬車でほんの少し遠出をする距離に景色のいいのんびりできる場所はかなりあったりするし、カイルは子供の頃からこの街に自分の領地から行き来して、そういう名所は私より詳しかったりするから、どこに連れて行ってくれるのだろうとワクワクしながら支度を済ませた。

動きやすいワンピースに歩きやすい低いヒールのお気に入りの靴。そして彼が言っていたつばの広い日よけの帽子も忘れずに被る。

そして侍女が、馬車の用意ができたから玄関ホールへ移動してほしいというカイルの伝言を伝えに来た。

「……あら、カイルはまだなの？」

ホールに着いてまず誘った側の彼がいないことの珍しさに少し首を傾げたけど、そのうち来るかしらとぼんやり考えていると、馬車が着いたと知らせが入った。なので、とりあえずホールを出て馬車へ向かうと、いつもとは違う御者の姿に再び首を傾げた。

新しく入った人かしら……とか、それなのになぜか見覚えのある横顔のシルエットも相まって不思議そうに見上げていれば、それまで目深にボーラーハットを被り、まっすぐ前を見ていた御者が急に笑い出し、深く被っていた帽子を外して私の方へ顔を向ける。

――帽子の中に詰め込んでいたらしい太陽の光のような金の髪がこぼれ落ち、帽子の影に隠されて見えなかった空色の瞳と間違えようのない端正な顔に浮かぶ、悪戯めいた笑顔――。

「お待たせ、リズ。さあ出かけようか」

カイルが御者台から降りると、馬車の扉を開けて私に手を差し伸べる。

服装も御者の衣装。見慣れない彼の姿に目を白黒させながら、差し出された手を取り馬車へと乗り込んだ。

いつの間に馬車の操作方法を覚えたのか、帽子の中に髪を収め直したカイルはすっかり御者になりきって2頭立ての馬車を自在に操り、私はそんな彼を小窓から眺めながら揺られていく。

大きな通りに出れば、歩道にあふれる人の姿。木陰に陣取り楽器を奏でる陽気な楽師の歌声に、飲み物やお菓子に民芸品、さまざまなものを売る手作りの屋台と客を呼び込む子供たちの明るい声。それらを楽しみながら、街の中を散策する観光客の人たち。

道を歩く貴婦人たちはこの馬車を操っている御者が、かの大公閣下だなんて知ったらどんな顔をするのかしら。

あれ……？　普段なら屋敷の中では彼といても常に傍に侍女がいたし、馬車だって小窓の向こうに御者がいるし、出先では使用人としても傍に控えてくれたりするから2人で出かけているとしても2人きりではないって思ってたけれど、今の御者はカイルで……カイルが御者だから……。

——もしかしなくても今ってカイルと完全な2人きりなのではなくて？

小さな子供時代以来訪れたことのなかった、彼と2人きりという状況にようやく気が付いた私は、狭い馬車の中、一人で慌てふためいていたのだけど、こんなことでも動揺してしまう自分がとても恥ずかしい。

だから彼が御者台にいてくれて本当によかったと赤くなりすぎた頬を両手で押さえながら、跳ね続ける心臓が早く落ち着くようにと祈り続けた。

心が落ち着いた頃、今はどの辺りだろうと扉の窓から外を眺めると、石造りの建物の並ぶ街の景色ではなく遠くに海が見える。どうやら街道まで進んだらしい。行き交う馬車も少なくなった辺りで馬車が一度止まると、カイルが小窓のふちをノックして御者台から声をかけてくる。

「リズもこっちに来るかい？　海からの風が気持ちいいよ」

「いいの?」

「大丈夫、ここにいるのは口の堅い僕だけだ」

マリアさんに叱られたりしないよと楽しげに告げてくれる彼の抗えない遊びへの誘いを断る術なんてあるわけもなく、身軽な服装だというのをいいことに扉を開けると一人でキャビンから飛び降りて前へ回る。腰を浮かしかけていたカイルが、そこにいて、と言わんばかりの笑顔で手を差し出した。

「ほら、僕の手をつかんで」

流石に御者台は馬車の昇降口より高いところにあるから彼の力を借りないと登れなさそうだったので、手を繋ぐことに動揺して顔を赤くしないよう必死に自分に言い聞かせながら、彼の隣に腰を下ろす。

抱き上げられたりしたら、ようやく落ち着いたばかりの心臓が破裂して死んでしまうのじゃないかしら、とか既に生命の危機を感じていたおかげか、馬車が揺れるだけで触れ合いそうなほどの距離に腰を下ろしていても、結構落ち着いていられたと思う。

それに目の前に広がるのは、小さな頃、見たいと願ったどこまでも広がる美しい景色。ほんの少し視界が高くなるだけで別世界のように煌《きら》めいて見える。

もうこんな機会二度と訪れることなんてないかもしれないから、私は彼が見せてくれた景色を心に焼き付けることへ集中する。

私はしばらくの間、飽きることなくゆっくりと流れていく景色を眺め続けた。

◆◇◆◇◆

「それでこの馬車はどこへ向かっているの？」

ロゼウェルの街を出てから、だいたい1時間くらい過ぎた気がする。

景色を堪能しながらのんびりしたペースで進む馬車の行き先をそろそろ教えてほしいと彼に問う。

「……んー、どこというか名前がついているような場所じゃないと思う。先日大公領からこちらに来る者たちが教えてくれたんだ。ああ、あの大きな古木の立つ小さな丘の先と聞いていたから、もうすぐかな」

あそこだと彼が指差すのは、今登っている坂道の一番高いところ。高いとはいっても緩い坂道の途中にできたほんの少しだけ小高い丘になっている場所。指示された場所に確かに大きな木が数本並び立ち、こんもりと葉を豊かに茂らせて海風に揺れながら葉音を奏でていた。

小さな丘の上に着くと、古木の影の下に馬車を止める。

先に降りた彼の助けを受けながら御者台から降り、手を引かれて海の方へ足を向ける。そして海側に面した斜面が見える場所へ辿り着くと、そこから広がる見事な景色に言葉も出せぬまま息を飲んだ。

「まあ……ッ」

砂浜へと続くなだらかな斜面一面に、薔薇が咲き誇っている。

王都の庭園で見かけるような改良された品種ではなく、自然のままに根を生やし蔓《つる》を伸ばす力強さを感じる原種の薔薇。

この辺境の大地が『ローズベルク（薔薇咲く丘）』と名付けられた理由を教えてくれるかのような景色が広がっていた。

「どう？　気に入ってくれた？」

「ええ、もう花も終わりの時期なのに、こんなにたくさん！　すごいわ、なんて素敵なの」

「君の家の庭園の薔薇も素敵だけれど、たまにはこういうのも気分転換にいいかと思って」

街道沿いで街からもさほど離れていない場所なのに、薔薇の咲く斜面を見るために少し登らないとならないので街道からは見ることはできないうえ、近くに民家もない。だからなのか、この薔薇の斜面はずっと誰の目にも留まらぬままひっそりと咲いていたらしい。

大公家の使用人はロゼウェルを訪れた時、馬が少し調子を崩してしまい、休ませるためにちょうどいい木陰のあるこの丘の上で馬車を止めたとのこと。そして馬を休めている間、使用人の一人が時間を潰すために近くを散策していた時にこの斜面を見つけたという、偶然の産物なのだそうだ。

キャビンの中に置いてあった荷物の中身は、包まれた2人分のランチと果実水。それに敷物や日よけの傘などピクニックの用具がまとめられていたので、カイルと2人でそれらを並べお昼の用意をした。

いつもは使用人たちがしてくれるようなことも2人で協力し合えば、結構なんとかなるし楽しいものね、なんて考える。

木陰の地面にある小石を彼がどかしながら草を踏んで平らにならしてくれたので、そこに敷物を広げて荷物を置いた。

敷物もあるし誰も見てないよと率先して靴を脱いでくれた彼に倣って私も靴を脱ぐと、そのまま足を伸ばして敷物の上に腰を下ろす。まるで足枷《あしかせ》を解かれたかのようななんも言えない解放感に、しばし目を細めながら大きく深呼吸。

「外で裸足になるだなんていつぶりだろう、気持ちいいなぁ」

なんて言いながら彼も同じように足を伸ばした格好で、私の隣に腰を下ろして笑いかけてくる。

　隣に座ったカイルへ視線を向けると、いつの間にか帽子を外していた彼の蜂蜜色の見事な金髪が風に揺れていた。

　同じことを考えているって分かるだけで、不思議なほど心が弾む。

　息をする度に体の中にたまっていたもやもやとかイライラがすぅっと抜けていく感じがして、自然に笑みがこぼれ落ちる。

　何も背負ってなかった子供の頃みたいに、すっかりゆるゆるになっている互いの顔を見合わせながら大きな声を上げて笑い、薔薇の斜面を眺めながらシェフが忙しい時間を割いて作ってくれただろうランチを味わった。

　薄いパンの間に、こぼれるほど具材が挟み込まれたサンドイッチ。

　小さく切り分けるものがないから食べ方が分からなくて困っていれば、「こうやって食べるんだよ」と目の前でカイルが大胆な食べ方を実演してくれる。

「こう、かしら……んぅ～～～ん♡♡美味しいっ」

　サンドイッチをしっかりと具材がはみ出ないように両手で保持してから、大きく口を開いて齧《かじ》り付く。

　口いっぱいに食べ物を頬張るだなんて、大好物のあの焼き菓子をマリアの目から隠れて詰め込んだ幼かったあの時以来かも。

はしたないと叱らないでちょうだいね、マリア。

だって、これがピクニックでの正式なマナーだと大公閣下に言われたら倣うしかないもの——と、心の中で言い訳した。

カイルのひと口は男性だけあって大きいから、私が格闘している間にぺろりと食べきってしまう。

手の空いた彼が、夢中になって大きすぎるサンドイッチと戦っている私の様子を嬉しそうな顔で眺めているのに気が付き、恥ずかしさに思わず慌ててしまった私は頬張っていたものを嚙まずに大きな塊のまま飲み込んでしまい、喉に詰まらせた。

「リ、リズ……⁉　大丈夫かい」

サンドイッチが喉につかえ、急に胸を叩いて苦しみ出した私を見て、彼が慌てながらも果実水の入ったカップを手渡してくれたので、どうにか助かった。

「もう、食べている顔をじっと見ていたらダメでしょ。驚いて変なところに入っちゃったじゃない」

「ごめんよ、あんまりにも美味しそうに食べてるから、つい」

悪かったよ、と謝る彼の顔もなんだか嬉しそうで、本当に悪かったと思ってるのかしら……

と、ジト目で睨んであげる。

「あ、見てよ、リズ。あそこから浜に降りられるみたいだ。少し待っていて。危なくないか見てくる」

すると誤魔化《ごまか》すようにそう言って彼は腰を上げると、裸足のまま指さした方へと歩き出す。

自然にできたものかは私には分からないけれど、確かに浜辺へと降りられる小道があるようで、カイルはその道を少し歩き浜辺の方を確認するように眺めてから、大丈夫だと手を振りながら戻ってきた。

「砂浜じゃないんだから、ちゃんと靴を履《は》いて。怪我したら大変よ」

「あはは、そうだね。じゃあ敷物とか片付けて降りてみようか。ロゼウェルには港はあるけれど、砂浜はあまりないようだし」

戻ってきたカイルに靴を渡し、私も靴を履き直して片付けを手伝った。

まだ空に輝く陽の角度を見てもうしばらくの間は馬車は日陰に入っているだろうと、のんびりと下草を食む馬たちへ留守を頼むと声をかけ馬車から離れて浜辺へ降りる小道へと歩き出した。

まるで咲き誇る野薔薇が敷き詰められている斜面から浜辺へ続く小さな小道に、私とカイル2人だけ……小さな頃に拵えた秘密の隠れ家みたいなそんな特別な場所を忘れないように、斜面に咲く薔薇を心に焼き付けながらエスコートにと差し出された彼の手に、もう躊躇《ため》らうことなく自身の手を添え、ゆっくり砂浜に向かって丘を降りていく。

天候か日当たり……それとも両方かしらと、咲く時期が遅れた薔薇たちを眺めつつ、屋敷へ戻ったら庭師に聞いてみようと頭の中のメモに言葉を書き記した。

「今日は風が静かだから波も高くないのね。それとも砂浜だから違うのかしら」

「そうだね、ロゼウェルの海風はもう少し強いかな」

ロゼウェルの街で見る海は大きな船が出入りする貿易港や海軍の軍港ばかりなので、人の手の入った堤防に囲まれていることもあり、こうした砂浜はあまりないのだ。少し離れた漁村の方は砂浜があったようなおぼろげな記憶があるくらい。彼の領地に向かう街道沿いはこんな砂浜が広がっているのね、とあらためて知ったくらい。

風が静かだと告げた私へ、風の神が違うと抗議したのかというタイミングで突然強い風が薔薇の斜面を走り抜け、花びらが空へと舞い上がる。

「きゃあっ……あっ、帽子が」

手で押さえたにもかかわらず、大きなつばの帽子が風にさらわれて花びらと共に空へと高く舞う。カイルが空へ舞い上がったそれをつかもうと腕を伸ばしたけど、風の神様はよほど悪戯坊やなのか、帽子はするりとその手を躱して海へ向かい浅瀬に落ちた。

「大丈夫、リズ。僕が取ってくるから」

沖へ流されないうちに取り返してくると告げて、海へ向かって走り出す彼の背を見つめる。

出会った頃からずっと見ていたはずの彼の背中は知らないうちにとても大きく広くなってぃて、どうしようもないほど大切なものなのだって何度も自覚してしまう。大切にしてくれる彼の気持ちへ報いる存在になりたい。


どうか、彼の隣に並び立つ勇気を。


心の中で芽生えた小さな決意に背中を押されながら、私も彼のあとを追って走り出す。砂浜に入ると浅いヒールも砂に取られてしまうから、靴を脱ぎ棄て心のままに彼を追いかけた。

波打ち際で靴を脱ぎズボンを膝までまくり上げた彼が、ざぶざぶと海の中へ入っていき、のんびりと波間に浮かんでいた帽子に手を伸ばす。

「リズ、捕獲成功だ。……って、うわぁ！」

……と、戦利品のように帽子を高く掲げて見せるため、波打ち際に立つ私へ振り返った。

そして次の瞬間、油断は禁物というように少しだけ高い波が彼の背に被さり、前のめりとなって姿勢を崩した彼は引き潮に足を取られてひっくり返った。

「カイル！　大丈夫？」

大きな波しぶきのせいで一瞬視界から消えた彼にびっくりして、私はバシャバシャと浅瀬の中に足を踏み入れた。

熱い砂の上を素足で走っていたから、海の水の冷たさが心地よい。波が引くとすっかり水浸しになってしまったカイルの姿があったので、無事だったとホッとしたけれど……。

「大丈夫だよ、急に大きな波が来たからびっくりして転んじゃった。あまり沖に出ない方がいいね」

カイルは起き上がると帽子を片手に持ち、濡れた髪をかき上げながら岸へと戻ってくる。

降り注ぐ陽光の下で濡れた髪から滴《したた》り落ちる水滴は彼の髪にさらなるきらめきを与え、濡れて張り付くシャツやズボンが鍛錬している逞しい肉体の形を際立たせる。

他の人だったなら酒の席で披露して皆の笑いを取るような失敗談だと思うのに、まるで海からもたらされた黄金の神がこの地上へ降臨したのかと思ってしまうほどに無駄な神々しさが眩しくて、目が痛い。

やっぱり無理かも。だって普通の人間だもの……私。

彼の隣に並ぶ勇気が塩水に漬《つ》かった青菜のように一瞬でしおしおとなったのだけど、彼はそんな私の気持ちなどお構いなしだ。

「まあ、この陽気だからほっといても乾くと思うよ。御者台は風通しがいいし……しかし、ほんとずぶ濡れになってるな。少しは絞らないと君まで濡らしてしまいそうだ」

「ならいいけど……っちょ！　もう！」

彼が海から運んでくれた帽子を受け取るために近寄る。

彼はそのまま何気ないしぐさで濡れて重くなったシャツの裾をまとめ持って絞り出すものだから、捲《めく》れ上がったシャツの隙間から覗く引き締まった腹筋が目の前で露《あらわ》になった。

恥ずかしくて反射的に手のひらで顔を覆ってしまったけど、指の隙間からしっかり見てしまったことは、お墓まで持っていく私だけの秘密にしたい……。

シャツはまだいいとしてズボンは脱がないと絞れないことに気付いた私は、彼に少しだけ待ってと告げたあと、脱ぎ捨てた靴を拾い、履き直してから斜面を登り馬車へと急ぎ足で向かう。

馬車の中に畳んで置いた敷布やランチやカトラリーを包んでいた布巾《ふきん》など拭けそうなものを手にして彼の元へ戻った。

「気休めにしかならないけど、これをどうぞ。絞るにしても脱いでいる間そのままじゃ……困るでしょ」

とりあえず敷布を腰に巻いて肌を隠して、と持ってきたものを彼に渡して再び彼に背を向けて斜面に咲く薔薇へ視線を向けた。……何が困るってこのままだと私の心臓にいろいろ危機が訪れそうなのよ。

過去も今現在だって、男の人の裸なんてちゃんと見たこともないし。

辺境伯家の騎士たちだって夏場の訓練時はずいぶんラフな格好だったりしたけれど、それは普通に武器とか危険なものがたくさんあるから危ないって近づくことはできなかったからなあ……。そういう免疫がないからカイルが本当に心臓に悪い。

広がる薔薇の斜面を眺めながら、時折彼の露になったお腹を思い出しては顔に熱がこもるのを感じてめまいがする。その度無心になろうと足を動かした。

小道には登らず斜面の裾を歩いては、綺麗に咲く薔薇たちを愛でる。きっと初めて人の瞳に映りこんだだろう咲いたばかりの薔薇たちは、恥ずかしそうに風にそよいで揺れている。

「落ち着くの。落ち着くのよエリザベス。カイルはただこの見事な景色を私に見せたかっただけなんだから」

彼と2人きりという事実を頭の中から追い出すように小さく呟いた。

お茶会のせいで煮詰まっていた私を気分転換に誘ってくれたやさしさを感謝して受け取り、いつものように振る舞いながら帰らないと、また侍女たちの間で勝手なロマンスを想像されかねない……なんて考えながら揺れる薔薇の花弁を指先で撫でてみる。

風に乗ってふわりと薔薇の香気が匂い立つ。その香りに呼び起こされるように考えが一つ脳裏に浮かんだ。

土地や街の名、そして辺境伯家の家名お茶会の会場になっているサロンに面した庭園にも、会に合わせてつぼみが開くように庭師たちが苦心してあれこれ調整してくれている薔薇があるので、一番の見ごろを迎えながらお茶会が開けると思う。

でも薔薇を楽しむ方法は見るだけではないのよね……。その香りと美容効果から化粧品の材料として広く使われるうえ、食用にもなるので女性には割と身近な存在。

招待している令嬢や夫人たちの住むどこのお庭にも当たり前に育てられているし、こだわりを持つ方も多いから女性にとってはとても話題に上げやすい。

こんなにも街の名前と合わせて連想しやすいものを、どうして思いつかなかったのだろう。

「……自分でも思っているよりずいぶんと煮詰まりすぎていたということね」

初めて登った御者台からの景色や裸足の感触に、思うまま大きな口を開いて齧り付いたサンドイッチ。そして誰も知らなかった秘密の薔薇の丘。

最後に起きたハプニングが私の頭の中を一番真っ白にしたような気もするけれど、どれもカイルがいたからこその話だわ。

「よし。せっかく思いついたのだから、忘れないうちに戻れるかしら。料理長たちに相談してみなきゃ」

「なんの相談だい？」

薔薇の花をよく見ようとしゃがみ込んでいた体を起こしたちょうどそのタイミングで、離れている間にずぶ濡れからしっとりくらいまで改善されたカイルが背後から私を覗き込むように屈み込もうとしていて……。

砂地に素足の彼の足音なんて全然分からなくて立ち上がる勢いを止められるわけもなく、私の後頭部が彼のあごにゴツンと音を立ててぶつかった。

そして後頭部に受けた鈍い痛みと、背後から「うぐっ」と漏れた彼の声に慌てて振り返る。

「きゃあっ！　ご……ごめんなさいっ。後ろにいたのに全然気が付かなくて」

「あはは……大丈夫だよ、君こそ怪我はない？」

顔の下半分を手で覆うように押さえながら彼が答える。

「私は平気。あなたこそほんとに大丈夫？　口の中を切ったりしていたら大変よ」

見せて、と告げながら彼に向かって足を前に踏み出した。

怪我をしても原因を作ったのが私なら、カイルは絶対我慢してしまう。だから私がしっかり確かめないと、という使命感めいた気持ちだけで体が動く。

彼は彼で私の行動に驚いたように目を見開くけど、驚いたせいなのか顔を押さえていた手は本当に添えていただけのようで、私はその手を横に押して彼の口元をしっかり見ようとして踵《かかと》を上げ背伸びをして、できる限り顔を近くに寄せる。

「リ、リズ……ちょっ……」

「いいから見せなさい！　ほら、口開けて」

彼の頬に両手を添え、口を開けと迫る。彼が顔を真っ赤にしながら薄く唇を開いたのを見て、逃げられないようにと無意識に頬へ添えた両手に力がこもる。そして口の中を覗き込もうとして爪先立ちになるほど踵を上げた。

絨毯の上だったらそのままの姿勢を保ち、目的を遂げられたかもしれないけれど、ここは不安定な砂の上。

爪先だけで立ったままの姿勢なんていつまでも保てるわけもなく、そのままバランスを崩して前のめりに倒れ込んだ私。私の勢いに腰が引け気味だったのに、目の前に迫った私の体がふらついたのを見て支えようとカイルが反射的に腕を差し出してくれたのだけど、体勢が悪かったせいか、彼もまたバランスを崩して後ろ向きによろよろと歩いたあと、私を抱え込むようにして尻もちをついて転んでしまった。

急な落下の動きに驚いて思わず目を瞑《つむ》ってしまう。

——そして倒れ込み重なり合ったまま、ほんの一瞬だけ唇に触れた柔らかな何か。

恐る恐る目を開くと、これ以上ないほど間近にありすぎてぼやけて映る、真っ赤に頬を染めたカイルの顔。

もしかしなくても……私、カイルの上に乗っちゃってる？　唇に触れたのって……カイルの……まさか、違うわよね……？

状況を理解した瞬間はじけるように上体を起こし、両手で顔を覆い隠しながら天を仰いだ。

さっきまで彼の頬に触れていたから当たり前なのだけど、手のひらにカイルの体温が残っているものだから、なんて大胆な恥ずかしい真似をしていたのと自覚すればするほど湯気が出ているのではないかと思うくらい頬が火照《ほて》りだす。

……顔を覆っているこの手を、一生外せないかも。

「……あー、驚いたけど僕が下になってよかったよ。怪我はない？」

こくんと頷きで返事をする。

「僕も怪我はしてないから、安心して」

さっきまでの私の心配を取り除いてくれるように、柔らかな声が耳に届く。

もう一度頷くけれど恥ずかしくて彼の顔が見ることなんてできないから手は顔を覆ったままだったけど、カイルの手が顔を隠したままの私の手の甲にそっと添えられた。

「リズも……ちゃんと顔を見せて？」

手の甲に触れていた彼の手が動いて、私の手首を軽く掴む。

そして彼の手の動きに従うように私の手は顔から離れてしまう。耳の先まで真っ赤になっている顔が彼の瞳に映し出されているはずで……。

恥ずかしすぎて彼の顔をまともに見られず目を逸らしたままだけれど、私の顔へ当たるカイルの視線を感じて耐えられずに目を閉じてしまう。

そして彼の顔が近づいてくる気配を察して、緊張で体が強張った。待って、待ってカイル……このままじゃ……。


かぷり。

息を飲んだ瞬間、鼻先に何かが触れた。


「さっき齧られたお返し」

聞きなれた彼の揶揄《からか》い声が耳へ届く。

——じゃあ倒れた時、唇に触れたのは彼の鼻先だったのね？

彼の言葉を聞いてカイルの唇を奪ったわけじゃないと知れば、ホッとして体の力が抜けていく。

「さあ、そろそろ帰ろうか。濡れただけなら乾くのを待てばよかったのだけど、背中側半面砂まみれなんだ。流石にこのままじゃちょっとね。戻って着替えさせて？」

彼の上に乗ったままでいた私を軽く抱き起こし、立ち上がってから彼も腰を上げる。彼の言葉通り、濡れたシャツやズボンもすっかり砂と仲良しになっているようで、これは叩いた程度では落ちそうにない。私も戻りたいと彼に言うつもりだったから、素直に彼の申し出を受け入れた。

「ロゼウェルに戻る時は御者台に日差しが正面から当たるんだ。日当たりがよすぎる場所になるから帰りはキャビンの中で過ごしてくれる？」

「う、うんっ。疲れたから、そうさせてもらうわね」

馬車に戻り馬たちの調子を見ながらだったので、私に背を向けたままカイルが私に声を掛けてきたから見えているわけもないのに、私は彼の背中へ向かって何度も大きく頷き返しながら返事をしてキャビンに飛び込んだ。

私、ちゃんとしゃべれていた？　心臓がうるさすぎて自分の言葉もよく聞こえない。一人になって落ち着かないと、火照りすぎてバターになっちゃいそう……。

ゆっくり景色を楽しみながら進んだ行きの行程に比べれば、はるかに速いペースで馬車はロゼウェルの辺境伯屋敷へ辿り着いた。

「悪い、トーマス爺。せっかく貸してもらったのに御者台を砂まみれにしてしまった」

玄関先へ到着した馬車をしまおうと、カイルから引き継ぐために近づいた御者頭のトーマスへ、済まなげに声を掛けながら御者台から彼が降りてくる。

夏の強い日差しと吹き寄せる海風によってシャツが乾いたのはいいが、その代わりに纏わりついていた砂は彼が動く度にこぼれ落ちるものだから、彼の座った場所を囲むように砂が積まれていた。

「丸洗いしてしまえば砂くらいどうってことありませんよ、カイル坊ちゃん。それにしても教えた甲斐がある本当にいい腕だ。大公閣下にしておくのが惜しいくらいでさ」

「食うに困った時はぜひ雇ってくれ」

今回のサプライズに全面的に協力していたらしいトーマス。軽口を言い合い笑う2人を横目に見ながら、私もそっと馬車のキャビンの扉を開けた。

カイルのように砂まみれではないけれど、浜辺を素足で歩いていたし、靴の中にも砂が入るし……海風の運ぶ塩気のせいで少し髪がきしむ。いろいろあって崩れたお化粧も直したいしと心の中で言い訳をしながら、その場からカイルを置いてそそくさと一人で馬車から降り部屋へ戻ろうと歩き出すと、それに気付いたカイルが私のあとを追いかけてきた。

「リズ、部屋まで……」

「カイル様！　そこでお止まりくださいませ〜！」

部屋まで送ると言葉を言い終える前にカイルの前に侍女が数人壁を作るように立ちはだかり、カイルの足が止まる。その隙にごめんね、と心の中で謝りながら再沸騰してしまいそうな頬を押さえ自室を目指して屋敷の中に駆け込んだ。

「ちょっ、リズ待って。……一体何が……」

「何がではございません、足元をご覧くださいませ！」

「足元って……あ」

私を引き留めようと声を上げるも、行く手を阻む侍女たちに言葉途中で遮られる。カイルがその言葉を聞いて視線を地面へ落とすと同時に言葉と動きも止まった。

シャツやズボンからこぼれ落ちる砂が馬車から彼の歩いた場所を辿るように、サラサラと細かな筋になって落ちていて。

湯あみをして砂を落とさないと屋敷に入れない。しかし湯あみをするには屋敷の中へ入らなければならない。そのジレンマでカイルの足が止まる。

その状態で屋敷に入らないでくださいませと、子供の頃から私や彼の世話をしてくれている古株の侍女に懇願された彼は、私のあとを追うのを諦めて中庭を経由して裏庭の井戸へと案内された。知らせを受けたカイルの侍従がその場所まで着替えやタオルを運んできたので人気のない裏の井戸で全身の砂を落とすために頭から水を何度も浴びることになり、その光景を目ざとい侍女たちが裏庭を覗ける廊下の窓へ鈴なりになって張り付いて見物していたという。

後日、それを知ったマリアがはしたないって怒っていたのよね。なぜ知られたかというとあの彫像のような彼の体を目撃してしまった侍女たちは、それこそ数日魂が抜けたようになっていたらしい。……あれを見てどうにかなっちゃいそうになるのは、私だけじゃないの。そう、あれが正しい反応なのよ！

それに屋敷の中と裏庭くらい離れていたら、もう少し落ち着いて眺めていられたのかしらなんてはしたないことまで考えちゃうのも、全部カイルのせいなのだから！

心の中で理不尽な悪態をつきながらも、私も帰宅早々お湯を用意してもらいバスタイムを堪能する。

湯に溶かす香油は薔薇の香りのものを選び、湯に浸かりながら目を閉じてあの薔薇の丘をまぶたの裏に思い描き、彼の真心だけを反復して心に刻み、心の平穏を呼び込む努力を試みる。

着替えをしていると、母付きの侍女が部屋に訪ねてきて昼下がりに珍しく時間が取れたからお茶でもと誘ってくれたので、あの丘で思いついたアイデアを母に相談するのもよいかと思ったところだったので、ここはありがたく応じることにした。

母の侍女に先導されて家族が使う小さなサロンへ案内される。そして、その部屋の前にカイルの姿があった。遠くからでもよく分かる長身に綺麗な蜂蜜色の髪。

砂まみれの御者見習い姿だった姿を想像もできない貴公子然とした笑みを帯びた口元と礼服。髪も綺麗に整えられているから、くすみ一つないミルク色の彼の肌が、ほんの少しだけ日に焼けた痕らしく鼻や頬が赤らんでいること以外はすっかりいつもの彼に戻っている。

傍に別の侍女が控えていたので彼も母にお呼ばれされたのかしら？

「やあ。君もデルフィーヌ様に？」

彼も私を見つけると、軽く手を振りながら声を掛けてくれる。

「ええ、時間が空いたからお茶にしないかって。あなたも誘われたのね」

もはや声を聞くだけで顔を手で覆ってしゃがみ込みたくなる衝動を抑え、母付きの侍女たちが傍にいるのだからと必死に表情筋を励まして、いつもの笑顔を作り上げながら入室のエスコートを頼むように手を差し出した。頑張れ、私。

「何か話でもあるのかな？　待たせるのは悪いからまずは入ろう」

もう、私の気持ちも知らずに涼しい顔をして！　……だなんて心の中で八つ当たりしても、彼の顔をちゃんと見ることもできないでいた私には彼の耳が決して日焼けのせいじゃない赤みを灯していたことに気付けるわけもなく……。

「奥様、前大公妃殿下。お2人が到着なさいました」

案内に立ってくれていた侍女が声を上げて、中で待つ母に私たちの到着を知らせる。母と共に呼ばれた名に目を丸くして驚いてしまう。

「おかえりなさいな。リズちゃん、カイルくん」

さあ座って、とのんびりとした口調で手招く母の隣のソファに座っていらっしゃるのはカイルのお母様だった。視線が合うと美しくも悠然と笑みを浮かべてくださったので、頭を下げて挨拶をした。

「ただいま戻りましたわ、お母様。ソフィア様もお久しぶりです。お元気そうなお顔が見られて嬉しいです」

「お招きいただきありがとうございます、デルフィーヌ様。あと母上、ずいぶんと早かったのですね」

ソフィア様をこの場へお呼びになったのは、どうやらカイルのよう。私たちが出かけている間にこちらへ到着されたようで……。

そして母に促されるままお2人の向かいに置かれた3人掛けの長ソファに並んで座ると同時に、ソフィア様が声を上げた。

「カイル。あなた、楽しい計画を企てているのなら、それもまとめて知らせておきなさいよ。

私もリズさんとお出かけしたかったわ」

「たとえ母上でも私は容赦なく馬で蹴り上げますよ」

「もう、カイルったらソフィア様に向かってなんてこと言うの」

……それじゃまるで私たちがデートに出かけていたみたいじゃない。ソフィア様だって私が嫁いでしまったことくらいご存じのはず。婚約者もいないカイルにとって醜聞《しゅうぶん》になりかねないのに。いくらカイルがそれでもいいって言ってくれていたとしても……。

のほほんとしている私の両親相手ならともかく、カイルの実母であられるソフィア様とはわけが違うと思うの。

だって、ソフィア様からすればカイルは大事な一人息子で、爵位を引き継いだ今、これから先の大公家を牽引する大事な存在。そして彼の血を受け継ぐ跡取りのことだってあるのだから、婚活市場で彼の価値に傷がついてしまうようなことは迷惑でしかないと思う。

事情を知らないだろうソフィア様が不快に感じられでもしたらどうしようと、おろおろしている私に、ソフィア様は「大丈夫よ」と安心させるように柔らかな笑みを返してくださった。

「どんな場合も傷つくのはリズ自身なのだから、守り通せる自信があるのなら好きになさいと私の背を押してくれたのは、そこにいる母上だから安心して」

君への気持ちなんて当の昔に母はお見通しだったと、隣で苦笑するカイル。

ソフィア様の御心を知ってしまえば、嬉しさと恥ずかしさが手を取り合い、やっと落ち着き始めた心臓と共に踊りだす。安心してって言われても、知られているのはカイルの気持ちだけなの？

ああもうっ！　3年も彼より長く生きているはずなのに、この気持ちへの対処の仕方がいまだに分からない。嫌じゃなくて嬉しいからこそ、どうしていいか分からなくて困ってしまう。

「もういいわよ、私が勝手にリズさん連れて遊びに行くから。ねえ、そのうちデルフィーヌ様ともご一緒に女性だけでお出かけしましょうね。きっと楽しくてよ」

「はい！　ぜひ！　ご一緒させてくださいませ」

こんな状況でも……いいえ、こんな状況だからか、話題を変えられるならという縋る気持ちも含めてソフィア様の言葉に即答すると、なぜか悔しげなカイルと得意げなソフィア様の表情を交互に見比べて、頭の中が『？』で埋まった。おかげで心臓のダンスも少しだけ落ち着いてくれたので、私は疑問をソフィア様に問いかける。

「そういえばソフィア様、どうしてこちらへ？」

お母様と前からのお約束なのか、それともカイルに用事があるのかしらと問いかける。

「人手が減ったのでお手伝いに来てほしいと、そこの息子から呼び出されたのよ」

人手ってなんのこと？　と首を傾げながらカイルをちらりと見上げてみた。

「いや、ワルド夫人が茶会の前にこの屋敷を去っただろう？　そのきっかけを作ったのは僕だけど、茶会の手伝いは流石に役に立ちそうにないから、急な頼みごとを君に誤解を与えることなくできる女性で思いつくのは母しかいなかった」

「そんな。昨日の今日でお呼び出しするなんてご迷惑だったのではなくて？」

だってそれって、ほんの少し前の出来事で本当に急な呼び出しじゃない……。

「いいのよ、リズさん。もう夫の喪《も》も明けてしばらく経つのだし屋敷に閉じこもってばかりじゃよくないものね。あなたさえよければ、お手伝いさせてちょうだい」

そう微笑みながら告げてくださった。

カイルのお父様がお亡くなりになってから喪に服していたのもあるけど、ずっとお屋敷の中で過ごしていたという話を聞けば、手伝ってくださることがソフィア様の気を紛らせる手助けになるのなら甘えさせていただこう。

「分かりました。私にとっても開催する側のお茶会は初めてのことなので、経験豊富な方が傍にいてくださるのはとても心強いです」

お願いしますと頭を下げると、ソフィア様がコロコロと鈴を転がすような軽やかな声を上げて笑いを漏らす。

「この子は王都に出たきりでめったに帰ってこないから、本当に退屈なのよ。男の子の親って大きくなると一緒にできることなんて本当になくなってしまうの。娘がいたら違ったのかもしれないなあって、本当にデルフィーヌ様が羨ましいわ」

「女の子だってお嫁に行ってしまうのだもの、寂しいのは変わりないわよ。私だって男の子がいたらって思うことがあってよ」

「まあ、でしたらお互い夢が叶う日も……」

ソフィア様の言葉に母が答える。お茶を飲みながら少女のように華やぐ姿は娘の目から見ても微笑ましく思うけど、ああ、どうしよう。会話の内容が……ッ。

「母上、そこまでにしてください。そういう話はもうしばらくの間、お2人だけの場でお願いします」

困らせないであげてくださいと、先ほどまで一番困らせていたのは誰だったかしらとか考えつつも、母たちの会話が止まったのでホッと息をつく。

「あの……カイルが気分転換に郊外へ連れて行ってくれたんです。そこで思いついたことがあるのですが、よい機会なのでお2人に聞いていただけたらと思って……」

◆◇◆◇◆

あのまま話は私の出した相談事の流れになり、お2人からも概ねよい感触をいただけたのでお茶を飲み終えてから早速、我が家のシェフへ会いに調理場へ向かう。

急な話なのでもちろんダメ元のつもりだったのだけど、手に入りやすい材料だったのもあって既に決まっているメニューに取り入れてくれることになった。

「承諾してもらえてよかった。日数もないからある程度になるだろうけど、次があるなら今度はもっと工夫したいわ」

調理場からの帰り道、思いついたアイデアがどうにか形になりそうでホクホクしながら隣を歩くカイルへ話しかける。

「あの時、しゃがみこんで薔薇たちとおしゃべりしていた内容は、このことだったんだね」

「薔薇たちとおしゃべりって……もうそんな年じゃないわよ。ただの独り言でしょ」

カイルの目に私はどう映っているのか、時折不安になるわ……。

「僕に言えないことだとしたらって少し不安になったけどね。お家に帰りたいとかさ」

「あー……」

帰りたいというニュアンスではなかったけど……帰らなきゃ、とは口に出していた気がする。

「リズぅ？」

彼が端正な形の唇を尖らせて子供のような表情で私を覗き込むから、思わず吹き出してしまう。

「ごめんなさい、嫌だからとかそんなことは思ってなかったのよ。ただ早めに話をしに帰らないと間に合わなくなっちゃうかなって。でもほんと素敵な場所に連れて行ってくれたことはすごく感謝しているわ。この街に16年も暮らしていたのに初めて知ったの」

「ならよかった。うちの者には口外しないよう頼んでおくよ。うちの土地でもないから他の人を止めることはできないけれど、僕はあの場所のことは君以外には教えないから僕らの秘密にして、また来年も一緒に行こう」

次は着替えや水浴び用の真水も馬車に積んで行こうと早速今回の反省を踏まえて告げたあと、荷が増えるから次は4頭立てかなぁなんて言いながら、次の夏の約束をしてくれた。

5章　決意

翌朝、お茶会当日。

早朝から起きだして最終のチェックを始めた。

当日に急な用事や体調を崩したなどの欠席の申し出が数件届いたので、それに対しての返答やお見舞いの手紙を認《したた》めて従者にそれらを配達してもらう。予定外のことを含めて処理をしながら、空いた時間に手早く食事をとる。

忙しさが過ぎれば次は自分の身支度に入るので忙《せわ》しない状況に変わりはない。湯あみを済ませたあと、冷たいタオルを火照った肌に繰り返し押し当てて熱を取り、汗を止めてからドレスを身に付けていく。私がレナードに渡した16歳の夏に仕立てたドレスは、事情を知らない人が見たら今期の新作としか見えない洗練されたデザインへ仕立て直されていた。

「……どうでしょう、お嬢様。気になるところはあるでしょうか？」

着替え終えたと知らせると、レナードが針道具の箱を手にしながら部屋に入ってくる。

「大丈夫、直すところなんてどこにもなくてよ。こんな短い期間に無理ばかり言ってごめんなさいね。あら、ユーリカと一緒ではないの？」

「彼女は明け方になるまで手を入れてくれていたので今は眠っています」

「そう、じゃあ起きたらでいいから彼女も労ってあげて。私が礼を言っていたと伝言をお願い。……あなたも今日はゆっくり休んでおいてね」

ありがとうございますと私に深々と頭を下げてから、レナードが部屋から出ていく。その足は少しふらついているし目の下にはくっきりとクマを2匹飼育していたから。彼もきっとユーリカと一緒に夜なべして作業してくれていたのね。

「まあ、エリザベス様。本当に見事な仕立てですこと。よい職人に出会えてほんとによろしゅうございましたね。きっとこの街で立派な職人になりますよ」

着付けを手伝ってくれるマリアが、ドレスを間近に見つめながらそう声を上げる。あなたがお墨付きをくれるなら、なおさら安心ね。

「マリアも、みんなも本当にありがとう。あともう少しだから頑張って。そうしたらゆっくり休んでちょうだい」

「「はい、お嬢様も大変でしょうけど頑張ってくださいませ」」

その場にいた侍女たちからエールを受け取ったあと少しして、本日初めての招待客の馬車がもうじき到着すると知らせを受けたので、お出迎えをするために玄関ホールへと移動する。ホールに着くと、ソフィア様と母が既に待機されていたので私はそのまま2人の傍へ近づき挨拶を交わす。

「お母様、ソフィア様。本日はよろしくお願いいたします」

「リズちゃん、ドレスの手直し間に合ったのね。よかったわ、今日も素敵よ」

「まあ、あの小さなお姫様が……本当に素敵な淑女になったのね」

ソフィア様の前でドレスアップした姿になるのは初めてではないはずなのだけど、ドレス姿を見せる度にこうやって手放しで褒めてくださる。

「お2人ともありがとうございます……あの、どうにも褒められ慣れてないので手加減していただけると嬉しいです」

容姿を褒め称えられることが息をするように当たり前なお2人には理解できないかもしれないけれど、許してほしい。顔が火照って化粧が溶けちゃいそうなんだもの。いつかは慣れるのかと思いながらも、全く慣れる様子のない自分が不甲斐ない。

「もうそろそろ、お客様が到着されるみたいです。今こちらに向かっているのはラルボ伯爵家の方を乗せた馬車だと思いますわ。アルルベル様とご夫人がお手伝いもかねて早めにこちらへ来てくださると言ってくださっていたので……あ、着いたようなので迎えに行ってまいります。

お母様たちにも紹介しますね、夫人には王都のお店を出す時とてもお世話になりましたの」

玄関傍の馬車止めに入ってきた馬車の扉が開き、ふんわりとした緩い巻き毛の金髪が覗いたので、どうやら当たりのようだ。

御者の手を借りて馬車から降りてきたアルルベルの元へ、急ぎ足で向かう。私を見つけた途端にくしゃりと破顔して満面の笑みを向けてくださる、相も変わらず可愛らしい令嬢とその御母堂をお迎えする。お2人の衣装はこちらに来てからすぐに仕立てを頼んだらしい、帝国風のサマードレス。母子ともお揃いのデザインでとても微笑ましい。

「エリザベスお姉様！　本日はお招きありがとうございます」

「ようこそ、ローズベル辺境伯邸へ。暑い中当家の茶会に足を向けてくださってありがとうございます。アルルベル様もラルボ伯夫人も楽しんでいってくださいませ。さあ、邸内へどうぞ。冷たい飲み物はいかが？」

アルルベルたちを連れ、日差しを避けて母たちが控えているホールへまず向かう。そして告げた通り母たちに2人を紹介した。

デビュタントを迎えたばかりのアルルベルは既に王都の社交界から身を引いて久しい2人のことは貴族の教養として話に聞いたことがある程度なのだろうけれど、夫人の方はその世代の真ん中だったようで当時の社交界の中心にいた憧れの存在そのものだった母とソフィア様と再会されて感動もひとしおのご様子で、少女時代へと戻ったようなお顔になって喜んでくださっていた。

　玄関ホールでのゲストの出迎えを母たちに託し、一足先に私はアルルベルを連れてお茶会の会場にしたサロンへ向かうため、ホールを離れる。

「ロゼウェルの街を楽しんでいらっしゃいますか？」

　きっとお淑やかにしていなさいとでも夫人から言われでもしたのか、廊下を歩きながらも話したくて口元をむずむずさせてはチラチラと横目で私を見つめているアルルベルに、きっと初めてだろうこの街の感想を聞いてみた。

「それはもう。どこに行っても珍しいものばかりで夢のようです。昨日は遊覧船に乗りましたの。海を見るのも初めてでしたのに、大きなお船に乗って沖まで出たのです。見渡す限りどこまでも続く青の絨毯……私、一生忘れません」

　そして返された言葉に私も自然に笑みが浮かんだ。青の絨毯……凪《な》いでいる海は確かにそう見えるわ。

「そんなこと言わずに何度だって来てくださいませ。これから先もっと王都からも気安く行き来できるようになりますわ」

　距離を縮めることなんてできないけれど、嫁ぐ直前に王都へ向かった時と今とでは、街道の整備が始まったばかりだというのに渋滞で混雑してしまった箇所を除けば格段に移動しやすくなっているのだから、これから先も手が入れば入るだけよくなっていくに違いない。

ロゼウェルだけでなく、もっと誰もが自由にどこに行くのも安心していられる治安のよさを手に入れられたら、この国はもっと豊かに幸せになるのではないかしら。

「このお茶会、母がもう楽しみに浮かれていた意味が分かりましたわ。あそこにいらした貴婦人方はお姉様のお母様と大公閣下のお母様で合ってますか？　学生時代の母の話を聞かされていたのですけど、お話以上に素敵な方で胸が高鳴ってしまいました。きっと私も自分の子供にお姉様のことを夢見るように話すのだろうなって」

母たち以上にすごい褒め上手がここにいた……。耐えて、私の表情筋。

アルルベルの話を聞かせてもらっているうちにサロンへ着いたので、まずは手伝ってほしい内容を彼女に告げる。伯夫人の手伝いをされている彼女にとってはそう難しくないはず……というか、絶対私より上手だと思う。王都で誘ってくれたお茶会でも場数の差を感じたのだもの。

お茶や軽食の給仕は我が家の使用人たちが行うので、もしも退屈そうにされている方を見つけたら声を掛けて会話の輪に入れてあげてほしいとお願いして、会話のタネになりそうな、この街ならではのメニューを先に説明しておく。

そして次々に案内を受けながらサロンを訪れるゲストを出迎え、和やかな雰囲気のまま茶会が始まった。

ゲストの方々へ挨拶をして歩き回っていれば、見覚えのあるダークブロンドの巻き毛が目に入る。

そこには叔母が連れてきた、シーラ男爵家のミリア嬢の姿があった。

叔母のせいではあるのだけれどせっかく旅行に来たというのに、あんなことがあってからホテルの部屋にこもったまま過ごされていたようなので、着替えに借りたドレスを返却した際にお茶会の招待状を添えておいたのだ。

私がお願いした通り、一人ぼっちだった彼女にアルルベルが話しかけてくれたようだ。今は同じ席に座っている王都住まいの令嬢たちに囲まれて、楽しそうに顔を綻ばせながらおしゃべりに興じている彼女を見てホッとする。この街の訪問の最後が楽しい思い出になってくれたらよいなと願う。

私を見て、あの夜の騒動を思い出させてはまた気まずい思いをさせてしまいそうなので、帰り際《ぎわ》にでも話しかけようかしら……。

◆◇◆◇◆

「大きな問題もなく無事に済んでよかったわ……」

お茶会も無事に終わり、最後のゲストを見送った。

賑やかだった屋敷にも静けさが戻り、心の中に残ったのはささやかな達成感。

これで両親に託された仕事は無事に済んだ……わけでもないわね。まだ夜会が残っている。

母が準備をするとは言っても、今日は一日手助けをしてもらったので知らないふりなんてできないから、言われなくとも母のサポートを精一杯務めようと大きく息を吐いた。

バルコニーへ出て、暮れていく空を見上げる。日の光はもう大地の境に降りていて、仄《ほの》かな残り火が空の際を照らし天上から濃藍のカーテンが星の光を纏いながら降りてくる。

昼から夜へ移り変わる空をぼんやり眺めていると、後ろから足音が響き耳へ届く。この足音は、きっと彼。

「お疲れ様、リズ。初めてのホストの感想は？」

ほら、当たった。

「招かれる方が確かに気は楽だけど、招く側も案外面白かったわよ」

振り返ればティーグラスを手にしたカイルが立っていた。そのグラスの中には茶会でとても好評だった冷たいローズヒップティーをオレンジの果実水と蜂蜜で割ったもの。

受け取ると、指先に感じる冷たさが心地よかった。

グラスの横から覗き込むと目に映るのは少し前、空を彩っていたような鮮やかな夕焼け色。

「あなたは退屈だったでしょう。ナイジェル様と喧嘩せずに仲良くできていて？」

本日は2人とも屋敷の自室にこもってもらっていた。揃ってお茶会に参加したいと言っていたのだけれど、母とソフィア様に久しぶりに再会を果たしたご夫人方の間でかなりの盛り上がりを見せたのだから、カイルとナイジェル様まで来られたら令嬢たちが暴走して収拾つかなくなりそうなんだもの。

そんな上級者向けのイベント、社交界初心者の私じゃ収拾つかなくなるでしょう？　もう潔く最初から白旗上げるわよ。

耳聡い令嬢たちは当家に2人が滞在していることを知っているようで、何度も探りを入れられたけれど、その度に抜けられない会合へ参加をして今は不在だと伝えていた。

「大変だったよ。変装すればいけるんじゃないかとか言って、抜け出そうとするんだから。

……まあ、ある意味仲良くはできてたと思うよ。腹を割って話すにはいい環境だった」

「……ならよかった。相変わらず悪戯好きなのね、でも多少の変装じゃ隠しきれないでしょう？　そもそも女性のみの参加だったし」

まあ、2人がドレスアップされたら、ナイジェル様は迫力のある美女に、カイルは清楚《せいそ》な美女になってしまいそうではあるけれど。そこまで思い切った変装じゃないわよねと湧き上がりそうな妄想を抑えながら、グラスに満たされた夕焼けを飲み干した。

準備に関わらなくてもよいと母から言われたので手持ちの仕事を片付けながら、自分の仕度の方に専念する。

◆◇◆◇◆

ドレスにアクセサリー、それと靴。

夜会のドレスも手持ちのドレスをレナードに手を入れてもらっている。アレンジを施すためのデザインが決まると、体に合わせながら私自身をトルソーにしてドレスの仮縫いに入ってもらう。

肌の調子を整えることも仕事のうちだと、できる限り睡眠時間を確保して美容のためのマッサージや運動。肌によい、深い睡眠を呼び込むなど美容に効き目があると評判の食事を取り入れ、むくまないように水分量の管理と体を整えるあらゆることをしていった。

それでも寝付けない夜はあるもので、ベッドの上をゴロゴロしていても無駄だと感じた私は夜着の上にショールを羽織ると、そっと部屋を抜け出して庭を目指す。

静かな廊下を通り抜け庭先へと出てみると、少し遠いところから私を呼ぶ柔らかな声が耳へと届く。

「リズさんも寝付けないの？」

庭園の東屋に小さなランプの光と、ソフィア様の姿が見えたので私も足を向ける。

月は丸く満ち、庭園は明るい月の光が降り注いでいて危なげなく歩くことができたから、東屋へ転ぶことなく辿り着くとソフィア様の隣に腰を下ろした。

「……はい。『も』と言うことは、ソフィア様も、でしょうか？」

「ええ、でもこんな綺麗な月夜を見られるのだから、たまにならいいのもいいことね」

月の光に照らされ微笑んでいるソフィア様は、月の女神様のよう。

……カイルの言っていた「苛烈さ」なんて微塵も感じたことはないのだけれど、この方が声を荒げる様子なんて本当に想像もできない。

「あの子ね、ずいぶん変わったようでリズさんも驚いているかしら。あなたの婚約が決まった頃から領地に引きこもろうとしていたのよ。あなたの住まうことになる王都へも足を踏み入れたくないとまで言っていたのに」

「え？」

私、カイルはお父様の喪に服していたから私の家にも足を向けないのかと思っていたけれど、私のせいだったの？

「……私、そんなに嫌われていたのでしょうか？」

微塵も考えたことのないことだったけど、いろいろな人から鈍いと言われ続けている自覚はあるので、嫌われていることにすら馬鹿みたいに鈍感だったのかも……。私がいる場所に足を踏み入れたくないほど嫌われていただなんて……。

「ああ……違うわ、違うの。あの時はあなたに求婚できない立場なのにそんな気持ちを向けることなんてできないから、遠くであなたの幸せを想うだけでいい、とか言っていたのよ」

あの子も私や王家、そして親族や家臣たちの心を気にして自分を押し殺していたのよ、とソフィア様は続けて小さく呟きを漏らした。

前の生の時、そういえばカイルからの手紙はいつもリューベルハルク領から届けられていたわ……社交シーズンは王都に来ているのかなと思っていたけれど、他の地方貴族がそうだというだけで、私はそれを確かめる術を持っていなかったから……。

「でも春先にどうしても直接王都へ行かないとならない事案ができてね。ちょうどいい機会かと思って、渋るあの子に引き継がせて無理やり王都に送り出したの。そうしたらそのまま王都に居ついてしまうのだもの」

「そうだったのですね。でも……そのおかげでカイルにはたくさん助けてもらいました」

春先に偶然再会した彼は、事業の関係で王都に来ていると言っていたことを思い出す。あの再会がなかったら、彼はそのまま領屋敷へ帰ってしまったのかしら……私と再会したことがきっかけだなんて思いもしなかったけれど、あの日、私の踏み出した小さな選択がカイルの選択にも変化を与えたのだと思ってもいいの？

アリスのお茶会や、一人で参加するしかなかった王宮舞踏会も、彼が手を差し伸べてくれた。あの妖精たちの夜、帰りの馬車の中で盗み見た彼は、私が選んだ花の指輪へ愛おしそうにキスをしていて……。

そして故郷への里帰りを果たしたあの日だって。


『君の前で膝を折る次の男になる権利くらい、手に入れてもいいじゃないか』


ああ、あの時の私はどう答えていたのだっけ？

恋愛の経験値がないから？

恥ずかしいから？

たくさんの言い訳を重ねて、私は彼の心を真正面から受け止めていたと胸を張って言えるの？

周りの目を勝手に気にして、きっと反対されるに違いない、冷たい目で傷物のくせに彼へ縋りつく恥知らずだと詰《なじ》られたらどうしようって、前の時みたいに目を閉じて耳を塞いで傷つきたくないと心を塞いで自分だけを守ろうとしていただけ。

何が『前の時と私は違う』よ。全然変わっていないじゃない。

「……泣かないでちょうだい」

ソフィア様の言葉で自分が泣いていることに気付いた。視界が歪んで、濡れた頬に当たる夜風が冷たい。

「何も心配しないでいいのよ。……あの子のことも親としてできることなんて少ないけれど、それでもできる限りのことをするつもり。……もちろんあなたの心があの子と同じ場所に進んでいる場合だけどね。違うなら遠慮せずに振ってあげていいから」

それでもカイルがわがまま言うならお尻を叩いて叱ってあげるとなんとも頼もしいお言葉と、今の彼がソフィア様の膝の上でお尻を叩かれる姿を思わず想像してしまって、小さくだけど噴き出してしまった。

「ソフィア様。カイルは……いつだって彼は私にやさしいです」

初めて出会ったのは確か、この庭園の中の東屋だったと思う。私の名を呼んだ柔らかな声も眩しいほどのやさしい笑みも昔から何一つ変わっていない。

あの前の生の時も、彼の贈ってくれた小さな押し花が私を支えてくれていた。でも……こんな弱いだけの私は変わらないといけない。

憎しみと絶望で過去を見つめるだけではダメ。

過去から逃れるためにあがいて足元を見つめることしかできずに、今に立ちすくんでいるだけでもダメ。


『また来年も一緒に』


当たり前のように私の背中を押して未来を見つめてもいいのだと、一緒に踏み出そうとしてくれるカイルの隣に胸を張って並べるように自分ができることをしよう。

舞踏会のあと、侯爵家を訪ねられた際にナイジェル様が示してくださった私の未来へ繋がる選択肢。どれを選ぶのかはもう決めてある。

あの時絶望と引き換えに失ってしまった私の未来を、自分の意思で掴み取らなきゃ。

◆◇◆◇◆

もしかすると私がこの屋敷で生まれてから初めてじゃないのかと思うくらい本格的で盛大な夜会が開かれた。

事業の方が楽しい母は辺境伯夫人になってから当然夫のあと押しもあり、王都にいた頃よりも事業をさらに熱心に展開していた。

かける時間の比重がほぼ事業に集中していたから、伯夫人としての社交活動にはさほど力を入れたことがなかったけれど、それは決して『できない』からというわけではない。

王都時代には社交界の中心に立ち、今もなお貴婦人の流行の仕掛け人としても名高い母。薔薇の中の薔薇と呼ばれることが理解できる華やかな夜会は、当分の間語り草となるに違いない。

……母の本気はかなりやばいと痛感した。

私のドレスはお茶会の時と同様、レナードに手持ちのドレスのアレンジをお願いしていた。けれど、気が付けば母の仲介の元ロゼウェルの仕立ての大店の職人の中で一番腕の立つ古株の職人や、大陸との生地貿易を取りまとめている商会を巻き込んで仕立て直されたそれは、王都の舞踏会で纏ったものよりも素晴らしい出来になっていた。

仮縫いの時には全くと言っていいほど気付けなくて出来上がったドレスを前に唖然《あぜん》としていれば、サプライズって重要よねと言う母の言葉に二の句が継げない私がいた。

父の頼みもあり、エスコート役はもちろんカイルのまま。

カイルの礼装にもいつの間にかアレンジが加えられていて、私のドレスに使われている生地やレースがさりげなく付け足され、襟元に同じデザインの刺繍が施されたものだから、最初から私のドレスと対で作られたかのような衣装へ生まれ変わっていた。

そしてドレスと共に私の胸元を飾る首飾りは、王妃様が名付けてくださったアクアティアを散りばめたロゼウェルの宝飾職人の渾身《こんしん》の作。

対のデザインになっているイヤリングに使われている宝石が蜂蜜色の琥珀なのは、母が言うにはサプライズなのだろうけど、父とカイル的には虫よけなんだろうなあ……。

◆◇◆◇◆

夜会も大きなトラブルもないまま、無事に終わりを迎えられた。

これでロゼウェルでの全てのスケジュールが無事終わったことになる。

今回のドレス制作に協力してくれたロゼウェルで一番の職人がレナードの腕を認め、商会長たちへ推薦してくれたとのことで、街一番の大店にとてもいい待遇で雇い入れられ、ユーリカもまた針子の腕を買われ、同じ店に雇われたと2人揃っての報告を受けた。

私のドレスを見た令嬢たちから、既に名指しでドレスの仕立てを注文されているという。

新しい流行と技術が集うこの港街の中、腕のいい職人たちに揉まれ切磋琢磨《せっさたくま》していくのなら、きっと彼はこの街で立派な仕立て職人に成長することだろう。

つらいこともあるだろうし悪いことに誘惑されるかもしれないけれど、しっかり者のユーリカが傍にいるなら何も心配することはないと思う。……でも、ユーリカを泣かせたりしたら今度は許さなくてよ。

夜会のあと、カイルは王都へ戻るナイジェル様の馬車に押し込まれたので一足先に王都へ戻っているはず。ソフィア様も息子《カイル》と甥っ子《ナイジェル様》を見送ったあと、隣の領地へお帰りになられた。

そして私も秋の社交シーズンが始まる前に、王都へ戻るための準備をしている。

前回、ここから王都へ旅立った時は本当に身の回りのものを最低限運んだだけなので、今回はドレスやアクセサリー、本や小物など、私を形作っていた大好きなものと一緒に戻るための荷造りに励んでいる。

次にこの屋敷へ訪れるのは来年の夏のバカンスだろうから、残った荷物の整理も兼ねての大掃除をするためにクローゼットルームの奥に仕舞い込んだままの荷物を引っ張り出しているところ。

ついつい中身を覗いて検分してしまうせいで、昔を懐かしんでしまうからなかなか進まないのだけど、そろそろ本気を出して片付けないと……。

「あのぉ～お嬢様。奥の方に衣装箱がありますけれど確認いたしますか？」

奥から侍女が運んできたものは埃《ほこり》が積もる古びた木製の衣装箱。周りに描かれている花模様がくすんでいるので、かなり古いものだと見た目で分かる。……玩具箱かしら？

いつ頃のものなのか、自身でしまった覚えがないのでたぶん当時の侍女がサイズの変わった衣服をしまっておいたのかもしれないわ。知ってそうなのはマリアあたりなのだけど、彼女は王都へ戻る前に子供さんたちと少しくらいゆっくり過ごしてきてと休みを取らせたので、この場にいない。

「そうね、とりあえず衣裳部屋の外に出しておいて。あとで確認するから」

流石に子供時代の荷物じゃ今使えるものではないだろうから、とりあえずあと回しにしておこうと指示を出し、クローゼットの中の荷物に集中する。

ドレスを王都へ持ち運ぶものと、引き取り手を探すものに仕分けする方を優先しないと……。

そんな頑張りもあって、クローゼットルームは眠る前にはだいたい片付いた。

王都の方へ運ばない衣類や雑貨、アクセサリーなどはお古として家門の令嬢や子供たちに差し上げたり、孤児院の寄付を集めるお祭りの売り物にしてもらったりするつもり。あとの手続きはこの屋敷の家政婦長のノーレに頼んでおいたので、いい感じに処理してくれると思う。

「さて、あとは王都に戻るだけ……ああ、そうだ。これが残っていた」

侍女がクローゼットルームから発掘した古びた花柄の衣装箱が、部屋の片隅にぽつんと置かれたまま。

その箱の中身を改めるため、明かりがよく差し込むように部屋の真ん中に置いてあるティーテーブルの上に載せて蓋を開けた。

箱の中身は2歳か3歳の幼い子供サイズのドレス。お出かけ用なのかな、普段使いにしては手の込んだ衣装だけれど……。

「……私のもの、よね？　全く思い出せないけど。他には何があるのかしら」

この家の子供は私一人。もちろん父に愛人なんているわけもないし、事故で忘れてしまった時期のものなのかしら。

数着ほど重なっていたドレスを1着ずつ丁寧に取り出していく。そして一番底に近い場所、ドレスの下にまるで隠されるように置かれていたのは2匹のウサギのぬいぐるみ。瞳はヴァイオレットサファイヤとブルーサファイヤと、1匹ずつ違う石を使って作られていた。

ぬいぐるみが着ているドレスも手の込んだ一点物だと分かる、丁寧に作られた可愛らしさ。

なのに、小さな子供が持ち運べば汚れやほつれが1つや2つあるものだろう……でも、そんな子供が遊んでいた形跡がどこにもない。まるで新品のまま、この中にしまい込まれたよう。

久しぶりの世界を見たウサギの青の瞳が、喜びにきらめくように見えた。

「可愛い……あなたたちも王都に行きましょうか」

箱の中からヴァイオレットの瞳のウサギを取り出して胸に抱きしめる。どこか懐かしいやわらかな感触に口元が綻ぶ。鼻先を近づけたら、埃の匂いの中に優しい薔薇の香りが微かにした。

「そうね、私の部屋のベッドの棚の上なんてどうかしら。まだお人形とか一つも置いていないから、あなた方に特等席を用意してあげてよ」

どことなく殺風景だった王都の侯爵邸の私の寝室を思い出しながら彼女《ウサギ》に話しかけた。薔薇に話しかけたと私を揶揄うカイルを叱ったはずなのに、この子を見ていると自然と言葉が出てしまう。

箱に潰されたりしないようティーテーブルの傍にあった椅子の上に彼女を座らせてから、まだ箱の中にいる明るいサファイヤの瞳のウサギの彼を取り出そうと手を伸ばした。

ウサギの彼は彼女より重く感じたので不思議に思ってしっかりと抱えてみたら、服の中に固いものが入れてあった。

なんだろうと思って取り出してみると、装飾のない少し錆《さ》びている小さなナイフが一つ。

「……これって、鍛冶屋の見習いさんが最初に練習して作るものよね。そうだ、私……鍛冶屋のおじいちゃんに欲しいってねだって」

『おまもりなのよ』

小さな私がそう告げて誰かにあげたもの。

誰なのか思い出せないけれど、とても大事な人だった気がする。

「……今はあなたのものなのよね。お返しするわ」

ウサギの彼女の傍らに彼を座らせる。

そのウサギの彼の膝上に小さなナイフをそっと置いてあげると、彼の顔はどことなく騎士のように凛々《りり》しく見えた。

王都に戻ったら、この子たちの新しい衣装も仕立ててあげよう。

前の時は重苦しくて引き返したいと願っていた王都に今は早く帰りたいとすら思うのは、きっと彼が待っていてくれる場所だから。


「お父様お母様。私、王都へ帰りますね。また会う日までお元気でお過ごしください」

今日もロゼウェルは晴天。

バカンスの間ずっと一緒にいたせいなのか、澄み渡る空の青を見るだけで寂しさを覚えてしまうくらい、彼の青が恋しい。

こちらに来た時と同様に荷物を積み上げ、帰省と休暇を満喫した騎士や使用人たちと共に王都へ向かって移動を始める。バカンスの帰りは行きとは違い、ロゼウェルを発つ時期はそれぞれ家や仕事などの状況次第になるので、王都を出た時に比べれば混雑も少なく快適な馬車の旅となった。

せっかくなので行きとは別の宿場町を選んで街の様子を見学しながら過ごしたり、町の代表者たちの歓待を受けたりしながら王都へ向かって馬車を走らせた。

ロゼウェルでお茶会に参加してくださった方々にも街道や宿場町、途中にある休憩所などの点在するさまざまな施設の使い心地や旅程で感じた意見など聞かせてほしいとお願いしたので、それも楽しみだったりする。同じ旅程でも旅慣れている方、初めての方と感じ方は人それぞれだろうから、いろいろな立場の方のお話を聞かせてもらえるといいな。

「先に戻ったカイルとナイジェル様は大人しく馬車に揺られて戻られたかしらね……」

馬車を降りて街の中を散策する時ならまだしも、似た景色が延々と続くだけの馬車の中はそれなりに退屈で、ぼんやりしながら取り留めもないことを考えては口走る。

「今のところ、そんなお話は滞在した街では聞いておりませんから、大人しくされていらっしゃるのでは？」

「行きがお2人揃って、荷を積んだ馬車と従者を置き去りにした早駆けだったのだもの。目を離すと無茶しているのではないかって心配になるのよ」

似ているのは顔だけだと思ったら、別々に出発したのに同じことを選択するなんて、性格や行動までほんと従兄弟同士なだけあるのか本当にそっくりなのだもの。

それを言うとカイルはすごく嫌がるのだけど、ナイジェル様の婚約者への溺愛めいた対応とか、ものすごく身に覚えが出てしまうくらい似ていると思うの……。

「男の子というのは得てして、そういう生き物でございます」

マリアからすると、あの２人はいまだに男の子なのね……。

マリアも男の子の親の経験者でもあるから、小さな頃の突拍子もない行動や悪戯のエピソードの数々はよく聞かせてもらっていたものね。発言がもう達観しているというか、悟りの境地というか……。

……いえ、思い出しているだけなのにものすごく遠い目をしている……諦めの境地かしら。

◆◇◆◇◆

行きよりも幾分速いペースで、私たちを乗せた馬車は王都へ到着した。

距離もあるから往復の旅程含めて、２カ月近く王都を離れていたことになる。

王都の大通りの街路樹たちは赤や黄色に色づいたドレスをまとい始めてすっかり秋模様とな

っていて、風が枝葉を揺する音もにぎやかになってきたので、もうじき落ち葉の季節へ移るはず。

過ごしやすくなったので、仕事も社交も捗《はかど》りそう。……ドレスって重ねたり重ねたりで……夏場って本当に大変なのよね。

「奥様、お帰りなさいませ。無事の到着大変嬉しゅう感じております」

侯爵邸に到着したので馬車を降りると、私の目の前に家令のアンドルを先頭にお留守番を任せていた使用人と騎士たちが綺麗に並んで出迎えてくれた。

そのあと、騎士たちはイスラ卿の下に、侍女やメイドたちはマリアのもとへ集い、場所を移して留守の間の報告や連絡事項を伝達し合い始めたようだ。私もアンドルからの報告を受けるため屋敷へと足を向けた。

「まずは王都にて展開されているロゼウェルの商会の支店からの報告でございます。どの店にも大きな問題点もなく……細かなことはこちらの書面に記してありますので、のちほど目を通しておいてください」

椅子に座ったところで、アンドルが淀《よど》みのない口調で報告を始める。書類を受け取り軽く中身を確認してから机の脇へ置いた。王都の支店はバカンスに入る前、王妃様と数名の高位貴族のご夫人方から秋の社交界に向けたオートクチュールドレスのオーダーを受け、休みの間はそれらの制作に取り組んでもらっている。

今は、バカンスを終え王都へ帰られた夫人たちが順番に仮縫いやフィッティングに入ってもらっている頃かしら。

「暑い中を頑張ってくれたようで本当にありがたいわ。近いうちに店の方へ顔を出すと伝えておいて」

「分かりました。……あと、奥様宛にお手紙が届いております」

「あなたが言い淀むだなんて珍しいわね。構わなくてよ、見せてちょうだい」

アンドルが歯切れ悪く申し出るのを珍しく感じながら手紙を受け取ろうと手を差し出すと、彼は内ポケットから一通の封筒を取り出して私へ手渡した。

差出人を確かめるために封筒を裏返す。アンドルが既に中身を検《あらた》めていたのか封蝋《ふうろう》は解かれていたので、そのまま中の便箋を取り出して文面へと視線を落とす。

「あら、珍しいこと。お義父様……前侯爵からではなくて」

「奥様が実家へ戻られるため留守にされてからすぐに届いたものですので、そちらに届けることもできたのでございますが……ご家族との楽しい時間に水を差す真似をする気が起きず、お帰りまで留め置いておりました。奥様の代理として中身は検めておりましたのもあり、早急に対応が必要なものでもありませんでしたので」

「あなたの判断に任せると言ったのは私だから、それについて謝る必要はないわね。……気を遣ってくれてありがとう。おかげで楽しく過ごせたから、感謝するわ」

手紙には『王家主催行事、秋の狩猟祭の時期に合わせて前侯爵夫妻で王都へ参じたいので都合を聞きたい』と記されていただけなので、特に何かをするためではなく遊びに来られるだけなのかしら。

狩猟祭は、夏の始まりの舞踏会に並ぶ大きな行事。作物の収穫を終えた秋の終わりに開催される行事だから、まだ少し先の話なのは確かなのだけれど。

「前侯爵夫妻がこちらに来られるのなら、こちらとしても都合がいいわ。そうでなければ私が向こうへ行くつもりだったのだから」

「……奥様？」

きっと歓迎したくないと顔に出すくらいには嫌がると思っていたのね。便箋を封にしまいながら呟いた私の言葉を聞いて、アンドルが不思議そうに首を傾げた。

「じき、ローズベル辺境伯……私の父から辺境伯家当主代理としての委任状が届くから受け取っておいてちょうだい。向こうを出る前に受け取りたかったのだけど、いろいろと忙しくて」

「分かりました。受け取りましたら、すぐ奥様の元へ届けましょう」

「ええ、お願いね。家同士の話だから私の意思だけというわけにいかないのは本当に面倒なのだけど、契約事なのだから仕方ないわ。でも、お忙しいお父様にこちらへ来ていただくのも気が引けたから」

私の大事な故郷でしたい話ではなかったので、前侯爵夫妻をロゼウェルに招くという考えは、まずなかった。

お父様は交渉時に私の元に来たがってくれたけれど、王都にはカイルやナイジェル様たち、前の生ではいなかった私の味方になってくれる人がたくさんいる。それに、アバンと交渉するわけではないから、家の体面を守るためにもおかしな真似はされないでしょう。ただでさえあのお2人はプライドの高い方だし。

「まだ口外するのは控えてね。実務面を担うのは家令のあなただから先に話しておくわ……私、アバンと離婚することに決めたの」

「左様でございますか」

あれ……反応薄くてよ？

私としては一大発表のつもりだったのに、予想に反してずいぶんあっさりとした塩対応に次の言葉が出せずに目を丸くしていると、アンドルは右目にかかるモノクルの位置を片手で直しながら話し始めた。

「どちらかというと、ようやく……いや、今さらのご決断と言いたいところではございますね」

やれやれと言いたげに肩をすくめて見せるアンドルへ、視線を向ける。

「王都……いえ、この国の者は誰も疑問に思うこともなく、奥様はあの馬鹿……失礼。この家との婚姻を破棄されるものだと思っておりますよ」

「あなたたちにはすまないことをしたのかもと思っているのよ。こんな遠い場所に越してきてもらったのに」

1年くらいでまた帰郷することになるとは思わないのではなくて？　ここでの生活にやっと慣れてきたところでしょう、と少しだけ眉を下げて答えた。

「おや……どうしてそのようなことを？　このような環境に奥様を留め置いておきたいものなど、辺境伯家の人間ならなおさらいるわけがございません」

「『奥様』呼びもやっと馴染んできたところだったのにね。もうどうせなら戻してしまってもいいわよ。ロゼウェルじゃ混乱しちゃってお嬢様に戻っていたのだし」

私と母、どちらも奥様だったので私を奥様と呼び母をデルフィーヌ様もしくは伯夫人と呼ぶことにした王都遠征組と、私をお嬢様、母を奥様と呼ぶ実家組が入り乱れた結果、王都組も結局のところほぼ元辺境伯家の使用人だったため混乱しきり、とてもカオスな状況になったことを思い出した。

「いえいえ。すぐに奥様とまたお呼びするようになるだけでしょうから。変える意味などございませんとも」

そちらの方が手間ではありませんか、とアンドルが返す。

「え？」

「ああ……妃殿下と敬称が変わるかもしれませんね」

常に飄々《ひょうひょう》とした笑みを浮かべているアンドルがさらに笑みを深めながら告げた言葉に、鈍い私でも流石に彼の言いたいことを理解して頬が赤く染まる。

「私としましても辺境伯家から侯爵家、そして大公家へ奥様の許しで仕えられるのでしたら栄転みたいなものですので、歓迎いたします」

と、相も変わらぬ慇懃な態度のまま私にとどめを刺してくれたあと、軽やかな足取りでアンドルは仕事へ戻っていってしまった。

舞踏会の翌日、屋敷を訪れたナイジェル様が提示してくださった選択肢は3つ。


『3年後、白い結婚を申し出ての婚姻自体を白紙にして辺境伯家に戻る』

『同家門係累の未婚男性を当主に迎え、婚姻を結び直しロッテバルト侯爵夫人のまま過ごす』

『離婚したあと、叙爵して女当主として生きる』

……全部スルーしてみんな、私が選ぶ未来は『大公家との婚姻』だと思っているわけなのだけど。

……？　叙爵して新しい家門を起こすとかだって、事業家としても名を上げた私らしいと思うのだけど。


いや、今なら私だって……そうだといいなぁー……くらいには思うようになったのよ？　でもそれだって、本当に最近そう思えるようになったばかりなのに……。

そのまま机の上に脱力していたのだけれど、とりあえず書類の処理は進めておこうかと誰も見ていないのをいいことに、机へ上半身を投げ出したままの姿勢でアンドルが置いていった書類に目を通し始める。

王都に戻ってきたばかりだから、しばらくの間……ううん、今日明日だけでいいからのんびりしようかしら。

「みんなにはもっとゆっくり体を休めてもらわないといけないわね……流石に一度に休まれると屋敷が回せないから交替しながらになっちゃうけど。馬車に揺られた子たちはもちろん、こっちに残った子たちも少ない人数で切り盛りしていたのだろうし。マリアだってもういい年だもの、無理していたら倒れちゃう」

「それはそれは、お気遣いありがとうございます」

あれ？

扉の音聞こえなかったのだけど……。突然降ってきたマリアの声に呟きが止まる。

「奥様！　人目がなくても、だらしなく過ごしてよいことなどないのですよ！　なんという恰好なのですか、みっともない！」

「ごめんなさい！」

マリアのカミナリを聞いて弾けるように机から起き上がると、執務机の前に来ていたマリアと視線が合った。

「お疲れなのは分かりますが、若い者たちの教育にも悪いのでお気を付けくださいませ。……着いた早々お仕事なんてなされるからでございますよ。ほら、お部屋に戻ってそちらで存分にお寛ぎください。お部屋の方にお茶の準備もさせてあります」

ほらほら、と言いながら手の中の書類を取り上げ、私を立ち上がらせると問答無用に背を押しながら退室を促した。

そして2日ほど執務室に立ち入ることをマリアに止められ、部屋の中でゆっくりと体を休めることに専念する。

常日頃から忙しさに慣れてしまった私が何もしない時間を過ごすことは思うよりも難しくて、休みを取っていた侍女たちがお茶を一緒にと誘ってくれ、退屈さを紛らわせてくれた。本当にうちの子たちは優しくて主人想いの自慢の侍女たちなのだ。

「リノール通りから広場に出るところに、新しいカフェができたそうですよ」

「私、先日のお休みの日にそのお店で食事をしましたわ」

「でもあの店は一人では入りづらくないですか？」

「……一人ではありませんでしたから」

「まさか、ご近所の伯爵家の侍従の方と恋仲になったという話は本当なのですの？」

「恥ずかしい、知っていたのですね」

「私も騎士団のラウド卿とお付き合いしたいですわ」

「わたしはクイン卿が素敵だと思います。笑みがとても爽やかで」

「素敵と言えば、新しくできた雑貨店に可愛らしいリボンが……」

流行りのお菓子にカフェ、可愛らしい雑貨類。誰が誰と恋をした、あの方が素敵。

疲れているので聞き役に徹したいと告げた私の願いを、きちんと聞いてくれる彼女たちの輪にそっと入らせてもらう。年頃も近い娘同士が集まれば話題は尽きることもなくお茶の席に花を咲かせ、賑やかだけど穏やかな笑顔にあふれた時間が体と心を癒《い》やしてくれた。

そういえば騎士団の若手の騎士たちや侍従たちの名はずいぶんと上がったのだけど、アンドルの名は出てこなかったわね。

優秀だし見目も悪くないし、あの年で侯爵家の家令になったのだから将来性もあるのになあ。

身近過ぎる上司だからかしら……。

うん、きっとそう。……そういうことにしておこう。

モノクルを怪しく光らせ楽しげに笑う彼を思い返しながら、言及するのは控えた方がいいと頭の中で警鐘が鳴ったので、言葉にすることはなかったけれど。

……私の選択はきっと正しい。

幕間　王太子はかく語る　2幕目

辺境と呼ぶには気が引けるほど素晴らしい発展を迎えている、広大な港を持つ貿易都市ロゼウェルへの滞在も2日後の夜会を終えれば、翌日には帰路の旅路へと向かうことになる。

私はこの国の王太子、ナイジェル・イルクール・ド・リリエンタール。

この発展し続ける都市に立場上以外でも興味を惹かれ、手に入る限りの資料を読み報告に耳を傾けていた。

隣の領地で生まれ育った2つ年下の従弟《カイル》ほどではないが、それなりに知っているつもりでいたこの街は資料や人の言葉など当てにならないと痛感するほど奥深い可能性を持つところだった。視察に使える時間がバカンスの期間しかないのが誠に残念だが、この時期に夜会を催し王家にも招待状を送ってくれた辺境伯には感謝の念に堪《た》えない。

おかげで父である王の名代として夜会に参加することがきっかけとなり、遠出をするなら他の成果も欲しいと願い出て、バカンスの期間を使い、この視察旅行のスケジュールを組むことが叶ったというわけだ。

王都へ連なる長い街道の整備や近隣の村や町の統合、開発などの複合した事業へ、王家を含めこの国で屈指の資産を保有するリューベルハルク大公家とこの街を貿易都市へと育て上げたローズベル辺境伯が出資の名乗りを上げてから、あっという間に街道沿いに領地を持つ貴族たちも次々に協力すると手を上げだした。

辺境伯は王都の侯爵家に嫁いだ愛娘エリザベス嬢のためもあるだろうし、我が従弟も聞くまでもなくそれだ。そしてエリザベス嬢が栄誉に輝いたあの夜から、ロゼウェルへの関心は急激に貴族の間に高まった。それがきっかけとなって、この事業を大いに盛り上げ、協力したいと数々の貴族が出たことで国始まって以来の一大事業となった。

彼女がいなければこの規模での開発は無理だっただろうと思ったりもする。まったく、伯や令嬢には頭が下がる思いだ。

あれは王都を発つ直前のこと。

従弟の従者……確か、コンラートだったたかが手配したのだろう、知らせを持った早馬が王宮へと飛び込んできた。

昨日出立したばかりなので到着したという報告では流石にないだろう、まさか事故にでもあったのかと渡された知らせに目を通せば、そこには『従弟が馬車を捨て単騎でロゼウェルへ向かった。追いかけるが、万が一事故や事件に巻き込まれた時のことを考え、知らせを送っておく』とのことだった。なんともまあ、呆れた従弟である。

「いやはや本当に、リューベルハルク大公殿はお元気になられましたな」

ロゼウェルへ向かう馬車に同乗していたふくよかな腹周りと相反して頭上はずいぶんと寂しくなっている財務大臣が、ハンカチで汗をぬぐいながら私に告げる。

単騎で飛び出した短気な従弟に対して困ったような顔をしながらも、見違えるようだとどこか嬉しげだ。

体の弱かった幼少の頃と比べているのか、1年ほど前に突然二度と王都に近づかないと領地から突然引きこもり宣言をした時と比べているのかまでは聞かなかったが、元気になったのは確かに喜ばしいことなので、とりあえず頷いておいた。

その後、半年もせず前言を撤回して王都に訪ねてきたと思ったらそのまま王都に居ついたので、あの宣言は一時的に気鬱な感情を抱いてしまっただけかと、若さゆえあることだと深くは考えていなかった。

だが、従弟の心の中でその思いはただ形を変えただけで、変わらずにそこに存在していたのだろう。従弟の父上であり私の伯父であった、故エドワーズ大公のように爵位を継ぎ、継承権を返上して私の家臣として政務に就くことを願い出た。

大公妃である伯母上が健在なのもあって、しばらくは伯母が当主代理として従弟と領地を運営し、私が次代の王として即位するまでの間は、継承候補2位という立場を保つという話が内々に決まった矢先の申し出だった。

私の立場としては、そのような我がままを認めるわけにはいかないと反対するべきだったのだが、それを選択したら従弟が消えてしまうのではないかという、ありえない不可解な不安に心を支配され、何かに導かれるように従弟の選択を支持していたのだな……あれは一体どうしてだったのか。

私が味方に付いたからこそ希望していた立場になれたのだから、せいぜい恩を感じてもらい報いてくれたらいいさ。


「しかし、このまま私だけ馬車に乗っているだけでは、カイルと比べられてしまうのではないかな。我が婚約者殿に幻滅でもされたら大変だ」

まあ、婚約者殿《マデリン》はこんなことで幻滅などするような女性ではないが。

正直な話、視察に使える時間は限られているので短縮できるものなら旅程を大幅にカットしたいのは、やまやまなのだ。

この際、カイルをダシに使わせてもらうことにしよう。

「ナイジェル様？　何をいきなり」

「大臣、途中の街では歓待を代理で受けてやってくれ。いてくれて助かった」

思い立ったが吉日とばかりに馬車に大臣を残し、視察団一行の馬車を護衛していた騎士たちを数名引き連れて馬を走らせ始めた。

流石に立場は自覚しているので、護衛を振り切って完全な単騎で駆け抜けることだけは自重したが。

馬場ではない、限りなく広々とした草原を駆け抜ける爽快感を感じながらロゼウェルを目指す。予定していた日数の半分ほどで辿り着いた我々はまず、街の手前の宿場町で宿を取り、辺境伯家へ使いを出して翌日のカイルの居場所を聞いた。

使いが戻ってくるまでに風呂に浸かり身なりを整え、横になって体を休める。返事をもらってきた使いの者が従弟の出先の場所と共に、門番との雑談からあれがロゼウェルまで5日間で駆け抜けたと知った。

私がここまでかかった日数は計6日……別に悔しくはないが。……ないぞ。


そして翌日、昼。

無理な早駆けに付き合わせた騎士たちを労うために、夜を通して酒と料理を振る舞った。そのまま全員酔いつぶれ、気付けば日はもう高い位置に上っている。

ここまでの旅路、高級宿から野営まで体験してみると思っていた以上に治安はよく、街道を見回る警備隊と頻繁にすれ違う安心感からか、最低限の警戒はしていたがずいぶんと気楽に過ごしていた気がする。この安宿でも全員揃って酔いつぶれていたが、財布や荷物全てが無事だった。

「さあ、我が従弟殿の元に参ずるとするか。あれの驚く顔を見るのは実に愉快だ」

仕度を終えると、前日聞いておいた辺境伯家の別邸へ向かう。教えられた邸宅は街中の目抜き通りの一角にあった。

広いポーチの前に辺境伯家の紋章入りの馬車が1台あるので、間違いはなさそうだ。

そこに私を含め騎士たちの乗っていた馬を4頭並べて置いてみたらポーチが埋まり、なかなかシュールな絵面になったので護衛たちの馬は通りの馬車止めの方へ移動させておいた。

一人になった私は安全のためにも身を守れる建物の中へ入らないといけないと嘯きつつ、呼び出しのノックに応対してくれた従弟の侍従の驚く顔を横目にすり抜け邸内へ上がり込む。そして執務中らしい従弟の元へと向かった。

そこから先は従弟のあとをついていき、ローズベル辺境伯家に滞在させてもらうことになった。

久しぶりに会うエリザベス嬢は実家で過ごしているからか、王都で会った時のような張り詰めた感覚を覚える表情はなく、朗らかに微笑む顔はなかなか美しい。

睨むな、従弟よ。

それにしても彼女を妖精祭りに誘ったらしいのに、別段関係が深まったようには見えないな。……と言うか、彼女の方が関係を崩さないように動いているという感じか。

意識的か、それとも無意識なのか……生真面目な気質なのはよく分かる。そのうえ華やかだ。

彼女の母君デルフィーヌ様によく似た美貌。母君のような大輪の薔薇ではなく、凛《りん》と咲く白百合のような清楚を秘めた華やかさ。機転も利くし、周囲の空気もきちんと読んで自分の立場を考えられる理性もある。踏み出せないという心境なのかもしれないが。

状況的には彼女に同情する目はあれ、あの男を裏切ったと後ろ指差すような者はあの惨事を理解していれば口にはすまい。それでも引いてしまうのは、従弟の立場を考えてなのだろうか？ともかく難儀なことだ。

なにせ引いたところで止まるわけもなく突進してるのだものな……。まあ蹴られたくはないので今は眺めて楽しむだけでいい。

着いた早々、面白いイベントに参加させてもらった。

この街の民が好んでいるという素朴な焼き菓子は確かに美味かった。甘みもくどくなく口の中でホロホロと崩れる食感が面白い。これなら甘味嫌いな男でも受け入れられそうだから、王都の夏の暑さ対策にもいいかもしれない。

辺境伯に頼んでレシピを買わせてもらい、王都で出回っている塩を使ってみたらいいかもしれない。

平民の食卓にも並ぶのは、山側にある岩塩鉱のもの。そこから採取される塩を使って作らせてみるかな。

少々体の弱い、私の愛するマデリン嬢は暑気当たりになってしまい、王都の屋敷で療養中。一緒にこの街へ赴きたかったが、彼女の健康が何よりも大切なので我慢するしかない。

それでも少しばかり従弟にも同じ気持ちを分かち合ってもらおうと日々視察に付き合わせ、外へ連れ出し続けている。

こうでもして昼くらい息抜きをさせてやらないと、エリザベス嬢がパンクしてしまいそうだしな……。

――そんな感じのサポートを施してやった結果、どうやら多少は近づくことに成功したようだ。

この旅での思い出を思い返しながら窓の外を眺めると、夜空には丸い大きな月が光っている。

見事なものだ、もっとよく見てやろうと窓から少し身を乗り出してみると、庭園の東屋から小さな明かりが漏れていることに気付いて視線を落とした。

「……ソフィア伯母上？」

小さな灯りだし距離と高さもあるので表情までは窺えるわけもないが、その辺りは身内の勘、としか言えない。……でも、たぶん伯母上だと感じた。

このような夜更けに一人で庭園にいる伯母を見てしまったら放っておくわけにもいかないと感じ、話し相手にでもなれれば……と思いながら夜着の上にガウンを羽織ると、私も庭へと下りていく。

庭を出てから足音を忍ばせて東屋に近づいたのは、単なる悪戯心。

伯母の背後から東屋に近づくと、その奥にある側の出入り口から別の人影が見えた。そして伯母がその人影に向かい手を振りながらエリザベス嬢の名を呼んだから、思わず足が止まった。

……こんな時間にいくら伯母が同席しているとしても、女性だけの場に私が混ざるわけには流石にいかない。

辺境伯家の屋敷の中なので特段警戒するべき危険もないとは思うが、それでもか弱い女性だけを人気のない場所に放置しておくのも気が引けるので、どうするべきかと思いあぐねているうちに会話が始まってしまう。初めは月が綺麗だとか取り留めのない話だったが……。

カイルが王都へ足を向けることはないと告げたのも、その後王都に居座ったのも全てはエリザベス嬢への想いのためか。
我が従弟ながら私に似て重い男だと思っていたが……。静かに泣き始めた彼女の反応を見ると、私や伯母上にも分からない想いが2人の間だけにあるのだろう。
継承権を返したいと告げられた時に沸き上がった、あの不可解な感情と似たものを感じた気がした。

そうして月明かりの下でしばらくの間話し続けていた2人が、そのまま連れ立って屋敷の中へ戻ったのを確認してから私も部屋に戻ってはみたが、すっかり覚めてしまった頭に睡魔を呼び寄せるため、強い酒を煽っていく。

——あの感情の意味を知る日が来ないことを切に願いながら。

そんなこちらの想いなど気にすることもなく、彼女の両親と伯母のあと押しでエリザベス嬢自身もこの街に来た当日に感じた時よりずいぶん前を向いた様子に腹正しくなるほど嬉しさを顔に描く従弟を見て、ため息を漏らす。

日程を聞けばエリザベス嬢と同日に出立すると言い、さっさと帰れと言いたげな顔をするものだから、甘んじて受け入れることにした。

無論、目の前の従弟も私のスケジュールに合わせてもらう。

私の右腕として生きると言ったのだ。自分の言葉には責任を持ってもらわないとな。

6章　狩猟祭への誘い

昨日はどんよりと曇っていた空が嘘のように晴れた、秋の空の下。午前の執務を終えた私は出かけるため、侍女たちに手伝ってもらい身支度を整える。

長い廊下を渡って玄関ホールに降りていくと、そこには新作のコートを羽織ったアンドルと見送りに来ていた侍女の姿。２人を見て、私は足を止めた。

「それじゃ、行ってくるわね。そのあと立ち寄るところがいくつかあるけど、夕食前には戻れると思う。アンドルも遅れないようにお願いね」

「もちろんでございます。しっかり奥様の名代を務めてまいりますので、どうかご安心を。さあ、まずは奥様をお見送りさせてくださいさい」

自分が出かけるのは主人のあとだと使用人の矜持を譲らない姿勢の言葉に、相変わらずねと肩を揺らして笑う。

「なら急いで出るわね」とアンドルの声に頷いた。

今日の彼は黒の燕尾《えんび》の上に、秋用のコートを重ねて羽織った外出用の姿。普段は組紐を使い束ねられている長い黒髪には、装いに合わせた紫のベルベットリボンが括られ風に揺れている。日頃装いを変えずきっちりとした礼服姿の家令は、たったそれだけでも新鮮に映る。そんな彼に先導されながら玄関へと出ていくと、騎士と御者の待つ馬車が見えた。

御者が私に気付いてすかさず馬車の扉を開き、御者台へと移動する。馬車へと近づけば「お手をどうぞ」と護衛騎士が恭しげな態度で手を差し出してくれたので、馬車へと乗り込む。

王宮での舞踏会でアリスの起こした騒動がきっかけと言えばいいのか、その後のナイジェル様をはじめとした王家の方々のご配慮で設けられた交流の場をきっかけに、令息令嬢たちの婚約が何組も決まった。

今日はその喜ばしい契約の一つを見届けるために、招待された教会へと向かう。

ただ、本日招待を受けたのは2組のカップル。ほぼ変わらぬ時刻に始まるため、一方の席へはアンドルを名代として使いに出した。直接参列してお祝いしたいのはやまやまなのだけど、後日お会いした時に直接祝いの言葉を届けようと思う……。

バカンスから戻って以降、事業面や社交で他家の方との交流の機会も驚くほど増えた。

もともと嫁ぎ先の屋敷を取り回すのに『新生活を始めると雑事が増えるので手が足りないのでは』という理由で彼らは送られてきた。だから人数的には必要最小限。

私の名代として動けるような家臣は、家令のアンドルと家政婦長のマリアの2名しかいない。そのうえ、どちらも同時に屋敷を離れるわけにもいかないので私の代わりに動けるものは一人だけ、な状態。

私個人の事業が大きくなり、侯爵家と実家が共同で興した事業の管理はもはやアンドルへ丸投げになっている。そのため屋敷の取り回しはどうしてもマリアの受け持ちとなるので、当家の上級使用人たちのオーバーワークが心配を通り越して不安になる。

数人分の仕事は余裕でこなしてしまう有能な彼らはとても頼もしいのだけれど、体を壊したら元も子もなくなるわ。そろそろ彼らの右腕となるべき人材の育成に、目を向けるべき時期が来ているのではないかしら。

だって……今日みたいに私の代わりに参加してもらう催しは、間違いなく今後も増えると思うのよ。事業面でも社交面でも。

……そもそも前の生の記憶では侯爵家との事業はこんなに大きな規模ではなかったのに、うちの家令ときたら涼しい顔で事業を拡大しているのよ。バカンスから戻ってきた時、収支報告を受けたのだけど思わず書面を三度くらい見直しちゃったわ……。

もちろんあの時だって父が託してくれた事業は、かなりの利益を生み出してはいた。本当に頑張ったのだもの。

その利益は侯爵家の財政を立て直しただけでなく、私の支えになるには十分すぎる額だった。

……はずなのにアバンや前侯爵の散財と使用人たちの横領、様々な要因で見事に食いつぶされたのよ。

まあ、父や母の仕事をただ見たことがある程度の、実務なんて何も知らない素人同然だった私と、高い教育と豊かな経験に育まれた辺境伯家自慢の家令の能力に差があるのは当たり前ね。

一緒にしてはいけないわ、むしろ破綻しなかっただけでも褒めてほしい。

言われるがまま侯爵家に全てを託してしまったことが……いいえ、アバンを信じ伴侶としてしまうだなんて愚かな選択をした私が一番の原因。

今回の帰郷で分かったことは、両親から愛されていたという事実。

前の生で父や母が私と接触してこなかったのは、疎まれていたわけでも無関心だったわけでもないと今なら信じられる。

私のことを想って身を案じてくれていたからこそ、侯爵家に何も手を出せなかったのだろう……。私と婚家との関係を壊さぬよう、アバンたちから何を言われても黙って聞いてくれていたに違いない。

「……今では知ることもできないけれど」

愛してやまない人たちの瞳を二度と曇らせることのないよう願いながら、私の呟きは馬車の車輪の音に飲まれて消えていく。

賑やかな屋敷から離れて一人考え事をしていると、あの頃の気持ちに引っ張られてしまいそうになる……と苦笑した。景色が流れ続ける扉の小窓に視線を向けてみれば、目的地の教会はすぐ目の前。気持ちを引き締めるために、ぱちんと両手で軽く頬を叩いた。

今日は両家にとって喜ばしい日なのだから、笑顔でいなければと気を引き締め直し、そのまま頬に添えた指先で口角の周りをマッサージする。

そうしている合間に、馬車は目的地の教会へ到着した。

「これはロッテバルト侯爵夫人、やぁやぁ、娘のためにようこそおいでくださった」

馬車を降りると婚姻式に招待された客たちの集う控えの間に通された。そこに待ち構えていた髭《ひげ》を蓄えた恰幅のいい紳士……という風貌の令嬢のお父上が満面の笑みをたたえながら近づいてくる。

「お招きありがとうございます、ユリシーズ子爵。この度はお嬢様のご婚約おめでとうございます。昨日までの曇りが嘘のように晴れ渡った秋空。……神も両家を祝福してくださっている証でしょうね」

膝を軽く折り、気品を感じさせるよう注意を払った所作で子爵へとカーテシーを向ける。マッサージの賜物か、顔を上げて子爵に向けた笑顔は口角もよく上がっている気がした。

今日の主役の一人はあのアリスに立ち向かった、勇気あふれる令嬢のテレア様。

ご自分も被害にあわれたというのに周りの令嬢をかばったうえ、アリスと対峙された勇敢な方。

あの騒動のあと、王妃様から賜ったドレスに着替え、ナイジェル様がまだ婚約者のいない令息たちを集めて交流の場を設けてくださった場で、伯爵家のご子息に見初《みそ》められたのだという。

両家の中も良好のようで、本当にいい縁に恵まれたようで喜ばしい。

あの時は侯爵家の客人であり、当主のアバンが連れてきたのだからアリスの無礼は侯爵家の無礼ではあるのだけれど……。あの娘を叱り飛ばした時の凛々しさと立ち向かう姿に、とても好感を抱いたのだ。お嫁入りされてもお友達になれたら嬉しい。

ユリシーズ子爵と挨拶を交わしていると、子爵夫人や婚家となる伯爵家のご夫妻からも挨拶を受けた。親族やご友人も話の輪に加わり、婚約されるお2人のお話を聞かせていただいていると、式の準備が整ったとシスターが呼びに現れた。

聖堂へ移動して案内を受けて着席する。

厳《おごそ》かな雰囲気の中、祭壇の前に立つ年若い2人へ司教様が朗々と響く声で聖句を読み上げていく。

——ああ、これが普通の貴族のあるべき姿よね。

書類を交わすだけで終わった婚約式と、誰も呼ばずに執り行われた式とも呼べないような結婚式。またもや自分の身に起きた出来事を思い出してしまい、沈みそうになる気持ちを無理やり引き上げるように祭壇の前で両家の縁を結ばれた2人にお祝いの拍手を贈ったのだった。

アバン相手では嫌だけど、式そのものには未練があるのね……、と自分の心の内を知った。

生涯ただ一度と言われるものを台なしにされたことへの恨みは、この先深まり続けるに違いない。だって、お呼ばれした婚約式、これから先もたくさんあるのよっ！

式を終えてユリア様とお相手の令息にお祝いの言葉を述べてから、パーティの方は辞退させていただき、次の場所へと向かう。

向かうのは貴族街の目抜き通り。都に初めてできたロゼウェルの仕立ての大店の支店の他、宝飾店の開店準備に大忙しだったりする。

もちろん目玉商品は、王妃様の名付けた混ざり気のない氷細工のような透明度を持つアクアティア。

舞踏会で約束した王妃様へ献上するアクアティアで揃えた装飾品。ロゼウェルの職人のまさに命を込めた渾身の出来栄えの作品を見た時は震えたわ。

大変喜んでくださった王妃様にお伺いをして許しをもらったので、使っている色石の種類を別のものに変えてデザインを簡素にしたものを売り出せることとなった。それはディアオリヴィアというシリーズで、冬辺りから店頭に並ぶ予定。……その前に侯爵家でお披露目の夜会でも開こうかしら。

そしてロゼウェルならではの諸外国からもたらされた希少な宝石の数々を、王都で加工したものを売る計画もある。

契約を結んだ王都の細工職人の手によって、重厚で繊細な王都らしい伝統的なデザインの宝飾品にしてもらい売り出すつもりなのだけど。職人の方々も王都では見たこともない希少な石を手にして、子供のように興味津々《しんしん》にあれこれと意見を出しては熱心に取り組んでくれている。楽しんで仕事に取り組んでもらえているようで、私も嬉しい。新しい流行や文化が生まれるといいな。

意欲的に視察を続け、会合がてら少し遅いランチを食べた。

職人たちの作業場にも顔を出させてもらい、仕事のことから待遇面まで様々な話を聞かせてもらった。

様々な道具が乱雑に置かれた作業場に入ると、親方の奥様が慌てて片付け始めたので大丈夫だからとやめてもらう。ありのままの姿が見たかったので不意打ちのような訪問をして申し訳ないと、こちらの方から謝らせてもらった。

それでもこんな汚いところでと……恐縮する彼らに笑顔を向け、手が汚れるのも構わず道具を触らせてもらったりしながら問いかける私を見て驚いていたわね。ロゼウェルの職人街は第二の我が家のようなものだから、懐かしい雰囲気についはしゃいでしまったかも。

本日最後に赴く予定は、アルルベル嬢の住むラルボ伯爵の邸宅。

もちろん事前にお約束をしているので、ご両親も揃っていらっしゃる。ロゼウェルでお話をすることもできたのだけど、お茶会のお手伝いをしてもらっていたので、ついでのようにお話しすることではないからと王都に帰ってから改めての訪問となった。

アルルベル嬢の家に向かうまで他の用事があったので、職人街の会合のあとで落ち合ったのは、午後に半休を取ったらしいロッテバルト侯爵家の騎士団長の補佐官殿。

まあ実際は、辺境伯家の騎士団から派遣されている分隊という立ち位置らしい。訓練や交代も基本的に辺境とのやり取りだものね。

「奥様……っ！　こ、この度はお日柄もよろしく！」

待ち合わせ場所に指定していた商会の建物の前で私が出てくるのを待っていた彼が、私が出てきたと同時に言葉を噛みながら突然口上めいた挨拶を言い始めた。

くすんだアッシュブロンドの癖のあるショートヘアと珍しい白緑の瞳を持つ当家の騎士ショーン・ウェル。今日は騎士団の略式の礼服。髪も珍しく整えているので一瞬誰かと思ったけれど、この慌てようで彼本人だと理解する。

「待って、待って。落ち着いてちょうだい。お日柄がいいのは結構だけど、それはあちらのご両親に言ってあげて」

深呼吸して落ち着きなさいと告げると、促した通りに大きく深呼吸を始める素直な青年の背をポンポンと叩いて馬車へ同乗させる。

本日は、彼とアルルベルのご両親との顔合わせの日。

ロゼウェルに住んでいる彼のご両親からは『息子に任せる』という言葉もいただいたので、彼の同伴者はとりあえず一番上の上司である私となった。

「いや、だって、奥様。俺の顔を見て嫌がられたらと思うと……」

「え？　そこからなの？」

話を聞いてみるとあの妖精たちのお祭りの夜、酔いつぶれてしまった私と介抱に付き添ってくれていたカイルが立ち去ったあと、責任をもって令嬢たちを家まで送り届けたという。

もちろんアルルベルも屋敷まで送り届けたが、律義な彼は妖精祭りの習いに従い仮面を取ることなく立ち去ったのだという。

その後は私の里帰りに同行していたので、アルルベル嬢と直接会う機会も作れぬままの今日なのだとのこと。

「大丈夫よ、あなたを気に入ったと言い出したのはアルルベル嬢なのよ。あなたの真摯《しんし》な心に惹かれたのでしょう？」

「でもほら……ご令嬢たちは大公閣下のような立派な人が好きでしょう？」

俺はしがない騎士ですし……とショーンは肩を落とす。

ああ、ここにイスラ卿が同行してなくてよかった。馬車の中で惨劇が起きそう……。

「ショーン。あれと比べたらダメよ……」

まあ確かに、祭りの時も突然参加したカイルにご令嬢たちは熱い視線を向けてはいたけど、恋しいお方へ向けるのとは違うものに感じた。

それに何よりもアルルベルは割とあっさりした対応していたし、何より彼がいたところでショーンが気になるとまで言ってくれたのだからね……っ！

「まあそろそろ覚悟を決めなさい。もうじきラルボ邸に到着してよ」

おかげでこちらが緊張する暇もない。緊張感が振り切れたか小刻みに震えだしたショーンを横目に、馬車は私たちを乗せてラルボ邸の門を潜り抜けた。

馬車が止まると流石に覚悟を決めたのか、ショーンはそれなりに落ち着いた様子で先に馬車を降り、私の手助けをしてくれた。

差し出された手を借りて馬車を降りたところで、アルルベル嬢が小走りに近づいてくる。

「エリザベスお姉様、いらっしゃいませ」

相変わらず愛くるしい彼女を見てほっこりしながら、お互いカーテシーで挨拶をし合う。

「ほら、あなたも挨拶なさいな」

突然現れたアルルベル嬢を見て固まっていたショーンを肘先でつつくと、我に返った彼が頭を下げた。

「す、素顔では初めましてです。あの夜にあなたの護衛の栄誉を賜ったショーン・ウェルです」

「はい、やっと魔法が解けたのですね。この姿では初めまして、アルルベルです。ラルボ伯爵家の次女です」

魔法がかかっているうちは素性が分からないまま、ということね。……もっと早くにお話をまとめたらよかったのかしらね。

2人の挨拶が終わった時、傍で見計らっていたのか、ラルボ伯爵夫人が玄関の扉を開けて中に入ってもらいなさいとアルルベルに声を掛けた。そしてお茶の仕度をしてあると告げながら私たちを先導するアルルベルの案内を受け、邸内へと迎えられていく。

品のいい彫刻や絵画の置かれた落ち着いた雰囲気の応接間に通されると、室内にはラルボ伯爵がいた。

「ああ、ロッテバルト侯爵夫人。お久しぶりですな、ご健勝そうでなによりです」

「こちらこそ、お久しぶりです。そして我がローズベル家の夜会にも参加くださって誠にありがとうございます。ラルボ伯爵、ロゼウェルにも長い間滞在なさってくれていたそうで。気に入っていただけたのならなによりですわ」

「私もそうだが家内たちが大変気に入っていてね。またバカンスへ入った時に伺わせていただきます……で、そちらが？」

伯と挨拶を交わしたあと、隣にいるショーンの存在を問う声に私も姿勢を正す。そして手のひらを上にして彼へ向けた。

「こちらが我が侯爵家の護衛騎士で、騎士団分隊長補佐役のショーン・ウェル卿です。実家のウェル子爵家はローズベル辺境伯家を古くから支えている家門で、ウェル卿の父君は今も現役でローズベル辺境伯家の海軍の将官をされている武人の家ですわ。彼もこの若さで分隊長補佐に就くほど将来有望な青年です」

自他ともに軽いと言われている彼だが、仕事に対する実直さはイスラ卿も認めている故の役職だ。もう少し年齢を重ね経験を得て落ち着くようになれば、なかなか有望な青年に育ちそうだし、『今がお買い得ですよ』と念を込めながらラルボ伯爵に彼を売り込んだ。

伯爵はロゼウェルを訪れた際、海軍訓練風景も見学したらしく、大型の帆船を見たとショーンに話題を振る。そしてお茶を淹れてくれた夫人やアルルベル嬢も話の輪に加わると、話はロゼウェルでの話題一色となった。故郷の話題に囲まれているうちに彼の緊張もずいぶん解《ほぐ》れたようで、話の合間に笑顔がこぼれ始めている。

その笑顔を見てはアルルベルが頬を染める様子を見て、ショーンの心配は意味のないことなのだと感じる。

……でも、自分のことになると、全然分からないのはどうしてなのだろう。

◆◇◆◇◆

「いやぁ、奥様。なんだか世界が煌めいて見えますねぇ～」

見た目より遥かに軽い言動とふわふわした足取りで、馬車への道を先導するショーンを見て、眉を寄せながら馬車に乗り込んだ。

馬車の振動と同調しているのじゃないかと心配になるくらい、青ざめて小刻みに震えていた行きとは正反対の彼の様子を半目で見つめている。目を背けようにも狭い馬車の中なので、それもできない。……それと、世界は行きとなんら変化していないわよ。

彼の様子を見れば一目で分かるだろうけど、ショーンとアルルベルの話はあれよあれよという間にまとまった。まだ内々の話ではあるけれど、近日中に婚姻式の運びとなるに違いない。辺境伯家を支える家門の後継者に婚約者ができて安泰ということになるので、喜ばしいことだと思う。

それでも懸念がないとは言えず、まずはその部分を詰めるところからラルボ伯爵と話し合ったのよね……。

「そうですね。ショーンは現在、侯爵家の護衛騎士として王都におりますが……ウェル子爵家の後継者ですので、いつかはロゼウェルへ戻る日が来るはずですわ。アルルベルさんもご家族も、遠く離れてしまうことに対してきちんと考えておいてくださいますか？」

私もアバンと離婚しても既に抱えている事業があるので、すぐに王都から離れるわけじゃない。

まあショーンのご実家の都合もあるだろうけど。あの元気なお父様がいらっしゃるわけだから、早急に戻ってこいコールは来ないだろう。

いつの日か、あり得ること程度には心に止めてくだされば構わないわ。

「あ、あのお姉様！」

伯爵より早く口を開いたアルルベルは、発言の許可を求めるように右手を掲げた。

とりあえず伯爵に目配せして反応を見ることにする。そうすれば発言することは構わないと言うように頷き返してくれたので、アルルベルに続きを促していく。

「わ、私、大丈夫です。ロゼウェルで暮らせるのでしたら願ったり叶ったりですわ。そうだ、ローズベル辺境伯邸で侍女の募集とかは随時されているのでしょうか？　ウェル家に嫁いだら、旦那様と共に辺境伯家の家臣としてお仕えしたいのです。そうすれば、お姉様が里帰りされるたびにお会いできますもの」

きゃあ、と彼女が恥ずかしそうに声を上げて両手で顔を覆い、すでに構築済みらしい将来設計を隣で聞かされたショーンも一緒になって頬を染める。

目の前に熟れたての初々しいサクランボが出来上がった。

伯爵夫人もまた彼女が王都からロゼウェルに行ってしまっても、それはロゼウェルに行く口実が増えるだけなので問題はありませんと、娘のあと押しをすることを決意したよう。

……気に入ってくださって本当に何よりですわ。

置いて行かれている伯爵がちょっと気の毒だけれど、伯爵も気に入っていただけているようだし。きっとなんとかなるでしょうね。

そんな感じで、ウェル家の後継者の結婚相手と有望そうな辺境伯家の侍女が増えることになりそう。それにこちらに越してから初めての家臣の婚約話なので、あとで屋敷のみんなと祝ってあげようと馬車に揺られながら考える。

そういえばカイルがあの時、『王都に越してきて君の部下で最初の妻帯者が生まれそうだね』なんて言っていた言葉が見事に的中するのね。

教えてあげたらきっとしたり顔で笑うのだろうなと、彼の表情を予想して私も微笑んだ。

――あ。そうだ。

辺境伯家の侍女に名乗りを上げるつもりがあるのなら、我が家の上級使用人候補になってくれるのではなくて……っ！

「ショーン、お祝いは何が欲しい？」

「あはは～、奥様、気が早いっすよ。なんでもいいんすか？」

行きの馬車の中で抱えた悩みが解消してくれそうで、私の世界も煌めき始める。

ヤダ、世界ってこんなにキラキラしていたかしら。私とショーンを乗せた馬車は賑やかな笑い声をこぼしながら侯爵家へと戻っていくのだった。

……あとで侍女たちに笑い声の漏れ続ける馬車が怖くて、しばらく近づけなかったって言われた。浮かれるのも程々にしなきゃ。

◆◇◆◇◆

そんなこんなで、視察や会合の合間を縫って各家の婚約式に顔を出した。

うち何人かは、過去にアリスの取り巻きだったご令嬢だったりもしたのだけれど、あの場では交流らしい交流はしなかったので断ることはせずに参加させてもらった。

ハレの儀式だものね。

話を聞いたら、取り巻きというか巻き込まれというか。

強く出られると黙って従い、事態が過ぎるのを待っているような気弱な方が多かったのが印象的だったわ……。まあ、アリスにとっては自分に従っている令嬢の「数」が大事だったのね。

侯爵家の威、異を唱えない取り巻き、それらをすべて取り上げられた今、アリスは何を考えているのだろうか。

領地からの報告に時折アバンの勉強の進捗の情報があるけど、アリスのことは一言も書かれていないのよ……。

流石に私に無体をしようとした令息や、アリスと一緒に並んで直接野次をぶつけてくれた令嬢たちとは一切お付き合いはしていない。

その辺りは流石にけじめとして対応している。

今までアリスの……というか侯爵家の威を好き勝手に使い、アリスやアバンをおだてては金を引き出しわがまま放題に過ごしていたようだけど、前に出てくれていたアバンたちがいなくなれば身の置き所もない様子。まだ年若いのだから、あとへ引けなくなるような年齢となる前に、更生できるといいわね。

◆◇◆◇◆

「もうじき狩猟祭がやってきますわね。準備はできていて？」

秋が深まり、街路樹の葉の色が濃くなり始めた時期。

招かれたお茶会の席で、令嬢が声を上げた。

これから冬に向けて農民たちは収穫の季節を迎える。

収穫に対して豊穣の女神に捧げものをするため、王家直轄の森を開放して大規模な狩猟祭が開かれる。農民を含む民衆たちの冬備えのために提供される、干し肉の材料を集めるための狩猟という話でもあるそう。

それと王家の森では、このシーズン以外にも近くの村々の人たちが、果実やキノコなどの森の恵みをとる程度は許されている。そのため森に入った住民たちが獣害にあわぬよう間引く目的もあるらしい。ハンターを雇うよりお祭りにするとお金がかからないのだと、お茶会の席で令嬢たちが王都の催し物に疎い私へ教えてくれたことを思い返した。

「エリザベス様は参加されますの？」

聞けば令嬢たちは男性たちが狩猟に興じている間、秋の恵みを自らの手で収穫したり紅葉を楽しみながらお茶を嗜《たしな》んだりするのだそう。

夏の舞踏会の次に大きな婚活スポットになるうえ、社交的にも春祭りまでは大きな催しがないので、舞踏会で成立しなかった家の子女たちのラストチャンスとなるらしい。

とはいえ夫も今は王都にいないし、忙しいからどうしようと多少考えもしたが、たぶん不参加になるとお伝えした。

――はずだった。

「この通りだ、頼む、エリザベス嬢」

王妃様とのごくプライベートなお茶の時間に招かれた王宮の奥庭で、秋の花を眺める前にナイジェル様のつむじを王妃様と一緒に眺めている私がいる。

以前の私なら王族の方に頭を下げさすだなんて……とあたふたしていただろうけど、悪い意味で慣れてしまったのね。

……と、心の中でそっとため息をついた。キチンと表情を保っていられない気がするので、さっと扇で口元を隠す。

「お顔を上げてくださいませ。せめて頭を下げる前に頼みごとの内容をお聞かせ願えませんこと？」

王族の方にされると、二の句もなく頷くべき案件に取れちゃうでしょう。

どう考えても、これは丁寧な脅迫にしかなりえないのに……と、心の中で愚痴を漏らす。王妃様は変わらず涼しい顔をされているので、きっととんでもない話ではないはず……。ないと思いたい。もう内容問わず『承ります』と返す準備をしつつ、ナイジェル様の説明を待つことにした。

「いやぁ、先日エリザベス嬢が秋の狩猟祭に参加しないという話を聞いたのだけど」

「……ええ。特に参加する必要が……私の場合ないような気がいたしまして。事業の方もあまり身体を空けていられないのです」

狩猟の成果を捧げてくれる夫や恋人もいませんし、乗馬もしたことがない。森の恵みには少し興味はあるけれど、それはどうしても参加したいという理由にまでは昇華しなかった。

それに……恋人たちの雄姿を見て華やぐ令嬢たちを眺めていたら、つらくなりそうで。

「そうかぁ。いや、君が忙しいのは重々承知しているのだけどもね。だから、こうして母の邪魔をしているのだけど」

時間を割いてもらうのも申し訳ないと、ナイジェル様が笑う。

「邪魔と思っているなら控えてちょうだいな。あなたはロゼウェルで十分楽しんだのでしょうに」

私だってエリザベスと遊びたいのよと王妃様がナイジェル様を詰るので、どちらの味方に付くわけにもいかず困り顔をするしかない。

「でもエリザベスと狩猟祭の間、会えないのね。私も王都に残ろうかしら。乗馬ではしゃぐ年でもないことだし」

「母上までおやめください。狩猟場に出ることを止められたからと拗ねないでください。出なければ好きなだけ乗っていただいていいのですよ」

なんのお話をされているのかと不思議に思って首を傾げると、王妃様の趣味は乗馬で、狩猟の腕も男性顔負けなのだそう。しかし、そろそろお年なので何が起きるか分からない狩猟場への出入りはやめるよう、陛下やお付きの侍従たちに止められてしまったらしい。

いつもお茶をお供させてもらうたびに惚れ惚れしてしまう、エレガントな方の意外な一面を知り驚いてしまう。

「意外性なら、あなたのお母様のほうが格上よ」

……と、王妃様の一面を知り驚く私に告げられた言葉は、あまりピンと来なくて逆方向に首を傾げた。

「母上、現状エリザベス嬢はかの白薔薇の君の上を行く女性実業家なのですよ。あなた方の感じた意外性は、彼女にとってはごく平凡な事柄なのではないかと」

その感覚の差異にナイジェル様がフォローしてくれたのだけど、なぜか褒められた気がしないのはどうしてなのかしら。

「お話をまとめますが、ナイジェル様のお願い事は私の狩猟祭への参加を求めるというお話ですね？」

「ああ、うちのわがまま坊主が王都に残ると言い出したのもあって」

……とうとう坊主にまで下げられたのね。誰のことを言っているか尋ねる必要もないので、そこは流した。

あとで叱っておきますね。

「何より私がつまらない……ああ、いや失敬。貴族の中心となる人物が参加してくれる方がありがたいんだよ。舞踏会とは意味の違う催しだから、庶民たちの冬備えを助けると思って参加をしてほしくてね。面目上自由参加の祭りなだけに、なかなか言い出しづらくて。その点、母上のお茶の席なら、他の貴族の目にも届かないから、まあ、ダメ元で」

私も知り合いの令嬢たちからさわりの部分だけを聞いていた催しだったので、きちんと把握してはいなかったのは反省しよう……。

忙しくても高位貴族。事業も大事だけども、貴族の本分に関わる行事なら忙しいとか目の毒とか思ってはいけないってことね。

私はナイジェル様が頭を下げてくださった時、告げるために用意していた答えを声にした。

「……承りましたわ」

王都に戻ったら、馬車馬のように働けば済むことですし。頑張ります。


ナイジェル様が急きょ参加した王妃様とのお茶の時間は、ナイジェル様が退席されたあとは和やかな雰囲気で終了した。

もちろん話題は狩猟祭のお話で、さわりしか知らなかった私のために成り立ちからしっかりと教えていただいた。ナイジェル様が張り切ってらっしゃるのは、今回初めて婚約者のマデリン公爵令嬢も参加されるから……とのこと。王妃様からも「成功を収めて見せたい男心を分かってあげてね」と頼まれたので、迷わず参加させてもらうことにした。

さまざまな色に染まる広大な森を散策する機会を得られたのだし、地元の住人たちとの交流の一環で森の恵みに関してのレクチャーを受けたり、工芸品を制作する様子も見学できたりするらしい。男性陣が狩りで獲った獣の肉のほか、女性陣……（ほとんど森の傍に住む村人たち）が実際に森の中で収穫したキノコや木の実も、王宮の料理人たちの手で晩餐として出されるのだとか。

「海の傍で生まれて王都に来るまでそこで暮らしていたから、貝殻細工や珊瑚の装飾品はよく知っているけれど。森の工芸品って馴染みがないのよね」

どんなものがあるのだろうと、空想の世界に心を委ねる。参加するからには、私なりに楽しみ方を探すことにしよう。

期間は3日間ほどだし、森の中で行われるから服装も華美なものではなく、動きやすい軽装とのことなので、令嬢たちは馬に乗らない人も乗馬服で参加される方が多いのだそう。

……持っていないからそれは用意しないといけないわね。

署名を終えた書類を机の脇にまとめ、窓から見える庭の木に視線を向ける。

庭の木々たちもすっかり色づき、風が吹くとハラハラと落ち葉が舞い落ちる。朝から日暮れまで、庭師たちは落ち葉を集めることに忙しい様子。

それを裏庭に集めては落ち葉に火をつけ、外で仕事をする使用人たちが暖を取りながら芋や野菜を焼いているのだとか。朝夕冷え込むものね。いいなあ……ちょっと羨ましい。

でも、大きな炎を見ると怖くなるから直接は行けないだろうし、なによりも使用人たちのおやつや楽しみを取り上げるような真似はさすがにできない。

んー……でも、私の分も含めておいしいお芋の差し入れをすれば大丈夫かしら。


ああ、秋って罪深い。


そうして食欲も含めていろいろな場面で秋を感じるようになったなあと思いながら、私は馬の上で揺られている。

どうしてこんなことに……と、雲一つない秋の空を遠い目で見上げながら思い返す。

あれは、狩猟祭への参加が決まってからすぐのこと。相応しい服装というものを所持していなかったので、私は自身が経営している仕立ての店の職人たちにひとまず相談を持ち掛けてみた。

「そうでございますね。……乗馬服ですか。侯爵夫人の御衣裳でございますし、お受けしたいのはやまやまなのですが……」

まだ人員が足りていない出来立ての店。夏の舞踏会から注文したいと問い合わせが今も溢れるほどだそう。

スタッフが充実するまでは私を介して注文された、王妃様を含め数人の御婦人方のドレスの制作で今は手一杯……作業部屋から職人たちの必死なオーラが伝わってくるから、もう聞かなくても分かることなので私も口にはしない。

「人出がないのもそうなのですが、わたくしめはドレス専門でございまして。紳士服やそれに近い乗馬服は専門外で。そもそもうちの者も皆……経験が足りませんので」

そんなものを奥様にお渡しできるはずもありません……と、作るなら作るで修行に出てしまいそうな気配がするものだから慌てて止めた。それはもうかなり必死に。

紳士服を扱う店の者に聞いてくれるとのことなので、任せることにして屋敷へ戻ったのだけど。

「やあ、リズ。帰ってきたんだね。すれ違いになるところだった」

玄関先の馬車止めに「屋敷の物ではない馬車が止まっている」と、御者が知らせてくれた。それを聞いても思い当たらず、来客の予定があったかしらと考えながら馬車を降りると、聞きなれた声がしてきたので顔を上げた。

見慣れているはずなのに、いつまでたっても眩しい笑顔。今日の彼は深い蒼を基調にした礼服を纏っている。美人は3日で飽きるという話を聞いたのだけど、美形は適用外なのかしら。

もう先触れを出してと拘る仲ではないからいいのだけど、カイルが言うのにはこれ自体が先触れなのだという。本人の先触れ。もういろいろおかしい……。

直接訪ねて私の予定をアンドルかマリアに聞くのが確かに一番早いわよね、と思わず納得しそうになったけど、これは彼だけの特例。もう止めても聞かないんだもの。

そのたびに『奥様は大公閣下にお甘いのですよ』とアンドルがニヤつくのだけはどうにかならないかしら……。

そんなわけでカイル自らの先触れ中に、ちょうどよく私が帰ってきたというわけね。

彼に引き返してもらい、一緒に屋敷の中へ戻る。応接間へ案内して腰を落ち着けてもらったいつものタイミングで、マリアが侍女を連れてお茶と軽いティーフードを持ってきてくれた。

お気に入りのお茶を一口含んで喉を潤してから、彼へ用件を聞こうと口を開いた。

「突然なのはいつものことだけれど、何かあったの？」

お茶の香りを楽しむようにカップを口元に添えていた彼が、目線だけ上げて私を見つめる。

以前は大丈夫だったこの仕草ですら、最近は覚悟が必要になってきている。

弾みだしそうな心臓を押し込めるように胸に手を添えながらこっそり深呼吸。カイルと対面するだけなのに何かの訓練をしているよう……。

そんな悪戯坊やみたいな顔ですら、心臓に悪い彼に視線を合わせて問いかければ、戻ってきたのは私にとってはとんでもない提案だった。

「オリヴィア様から聞いたのだけど、リズ、狩猟祭に参加するのだろう？　だからさ……」

「あっ！　私も王妃様から聞いたわよ、あなたってば」

「馬に乗ろうよ」

「…………は？」

『お仕事さぼろうとしたらダメでしょう』と、叱ろうとした私の言葉は、彼の提案によって阻止された。

「……馬って、あの馬？」

ヒヒンって鳴くほうの？　と漏れた呟きにカイルが笑う。

「残念ながら、鳴くほうのだね。ほら、君は大人だから」

鳴かないほうなのは、ゆらゆら揺れる木馬かな？　なんて揶揄《からか》いの声に頬が染まる。だって馬なんて馬車に繋がれて運んでくれるって認識でしかないのだもの。

「乗馬ができなくても参加は可能だと伺ったのだけど？」

「乗れないよりは乗れるほうがいいと思うよ。乗馬服も新しく仕立てるのだろうし」

せっかくだからっていうけれど、何がせっかくなのだろう……。

「乗れたら何かあるとでもいうの？」

「特にはないけれど。そうだな、何かあった時に移動の手段があるのは良いことだと思うよ。

これから君もロゼウェルとの往復が増えるのだろうし」

街道の警備隊の巡回は、以前に比べたら遥かに増えてはいる。それでも距離に対する人員の数は十分すぎるというにはほど遠い。町と町の距離の問題、山間の街道と違いなだらかな道が多いけれど難所といわれる場所は少なからずあるわけだし……。

カイルの言葉を聞いて、言われてみればと考えてしまう。

「僕の父が昔教えてくれたのだけどね。君の父上……ローズベル辺境伯も乗馬の腕はかなりのものだけど、知っているかい？　君の母上に出会うまで馬に跨るのもやっとで、走らせるなんてもっての外だったそうだよ」

「え？　そうなの」

領内で大きな事故が起きると、父を呼びに出た伝令と共に馬に跨り、颯爽と駆けていく姿は確かに覚えてはいる。穏やかでのんびりしていた父がその時だけとても機敏で、かっこいいと思ったこともあるけど……。男の人ってみんな馬に乗れるものだと思っていたから、父もそうだとばかり……。

カイルのおかげで知らなかった父の過去を知れてうれしい半面、母との出会いに乗馬の技術がどう関わるのか全く分からない。

顔にきっと『?』って書いてある私を見て、カイルが続きを話してくれた。

「デルフィーヌ夫人がまだ王都で暮らしていた時、父の叙爵を祝う式典に出るために君の祖父……前辺境伯の名代として王都に来てくれて、式典後の夜会で初めて出会ったのだそうだ。それからデルフィーヌ夫人が頷くまで何度もロゼウェルと王都を往復することになり、馬車より早いことに気づいて、そこから習得したという話だよ」

仕事より大事なものなんてなさそうな父に、そんなエピソードがあっただなんて！

「でも、練習すれば誰でも乗れるようなものなの？」

さすがに父に倣ってスパルタ式にして、ここからロゼウェルの往復とかさせないわよね？

幾分不安を覚えて問いかける。

「きちんと段階を踏めば大丈夫さ。動物は嫌いじゃないだろう？」

「嫌いではないけれど、腕の中に納まるサイズの子しか触ったことなんてないわよ」

カイルの実家のある大公領は、ローズベルク辺境地に隣接している草原が広がる地域。穏やかで牧歌的な風景が続く、王都随一の穀倉地帯がある。山間と連なりながら広がる、なだらかな丘と草原。そこに数えきれないほどの大きな牛や、もこもこの羊の群れが牧草を食べている平和な光景を思い出す。でも、草を食《は》んでいた大人数人分はありそうな、大きな体の子は触るどころか近づいた記憶もない……。それなのに突然、大きな馬に乗るだなんて言われても想像すらできないわ。

「必要があるのは分かったけど、今覚える必要はあるのかしら。それ以前に乗馬服が手に入るかも分からないのに」

次にロゼヴェルに戻る予定ができてからゆっくり覚えればよいのでは？　と、頭に浮かんだことを素直に伝えてみる。

「思い立ったら吉日っていうよね」

それ、思い立つのは私ではなくて？

「まあ、冗談はさておき。オリヴィア様も君が頻繁にロゼヴェルとの行き来を重ねるようになることを心配されていたよ。もちろん無理を押し付けるわけじゃない、内心の話だけどもさ」

僕が一緒にいれば安全だと思うけど、なんてカイルはつけ足した。

「あら、私と大事な甥御が2人して旅だったら、心配が倍になるのでは？」

カイルのほうがきっと王妃様にとっては大事な相手でしょう？　義兄と女学生時代からの親友との間にできた可愛い甥っ子ですもの。

「もしもの話なので気を悪くしてほしくないのだけど、もしも馬車が事故や故障で立ち往生してしまい、その隙をついて盗賊の襲撃にあったとして……護衛騎士のうち必ず1人、君を抱きかかえ、庇うために剣を振れずにいる状態。馬にしがみついて走らせることができて、君だけでもその危険な場所から離れることができるうえ、戦力も減ることはない状態。この2つのうち生き残れる可能性があるのはどちらかな」

死ぬ間際まで人の重荷になるのはいやね。

前の生の時に迎えた死のように、重荷どころか価値すらもない、ごみのような扱いを受けるのはもっと嫌。……死んでしまえばどちらも一緒なのかもしれないけど、死にざまくらいは自分で選びたい。

それでもなかなか返事ができないのは、お父様の時のように『必要に駆られて、どうしても』な状況じゃないからなのよね……。

うう～ん、と小さく唸っていると、冷めてしまった紅茶をマリアが絶妙なタイミングで下げてくれ、香り立つ新しい紅茶を淹れてくれた。温かなカップを手にしてマリアに礼を告げる。カップの中は渋味の少ないストレート。まだ少し熱いから香りを楽しむために口元に寄せる。

マリアは前のカップを手早く片付け、傍に控えていた侍女へトレーごと渡した。そして私の傍に戻ってくるなりこう告げた。

「奥様、一言よろしいでしょうか」

「なぁに？」

こうやって会話が膠着状態になると、マリアがそっと助言をくれることがある。

だから今回もそれだと思って、何も考えずに返事をしていた。

「されてみたらよいではないでしょうか」

「……あなたまで」

「正直な話ですと、一石二鳥で覚えた程度で身を守れるとは思ってはおりません。それでも全くの無知よりはましです。……それに、奥様はお忙しいと執務室にこもりきりで。お茶やサロンに招かれるかしないと腰を上げることもいたしませんので」

失礼ね、腰くらいは上げていてよ。なんて思っていたら、マリアがカイルに届かない程度の音量で私に囁いた。

「馬肥ゆる秋と言いますが……馬だけではありませんよ」

気にしていたのに！　ちょっと最近ごはんが美味しいなって、ほんのちょっとなのに。

でも……ドレスが入らなくなったら大問題だわ……。

「若いお嬢様たちの間でも乗馬は流行っておいでですし、話題の一つとして習得するべき項目かと。大公閣下がお話を持ってきてくださったというなら、指導についても伝手や考えがおありだと愚考した次第です」

流行っているということは、後入りでよい環境をそろえるのが難しいということ。

マリアが言いたいのは鴨がお宝抱えてやってきたので狩りなさいってことかな……。うん。

そうね、気の置けない指導者に巡り合うにも時間がかかるだろうから、彼の伝手ならおかしなことはないはず。せっかくなので学ばせてもらおう。

「分かったわ。覚えるからちゃんと相談に乗ってね？」

「ああ、任せてくれ」


その言葉が頼もしいと感じた日もありました。

乗馬服や道具類は、王妃様の愛用されているお店を紹介してもらいどうにか揃えられた。オーダーで作る時間は流石にないので、今回は既製品。多少の手直しをしてから手渡されたと思えば、カイルが訪ねてきての、今。

練習用に買った乗馬服に身を包み、不安定な鞍にまたがってカイルが馬を引き、庭の中を行ったり来たり。物珍しいのか手の空いている侍女たちも窓辺に鈴なりだわ。どうしてこういうときはマリアのカミナリが落ちないのかしら……。

乗馬の練習……といっても、私はただ馬に跨るだけ。手綱を引いてもらいながら、ひたすら庭をぐるぐると回ることが日課になっている。

カイルも流石に毎日顔を出せるわけじゃないので、彼が同席できない日は手の空いている護衛騎士に付き添ってもらった。この練習のおかげか、皆との間にも話題が多少なりだけど増えてたきので、侍女の中にも馬に乗れる娘がチラホラいることを知った。マリアが流行っているというだけあるのね……。

始めて馬に跨ったあの日。初めて体験する、目がくらみそうな高さにまず固まってしまった。そこから歩き出すためにさらに時間が必要で「待って、お願い」と馬上で言い続けたのよね……。ようやく歩き出したかと思えば、馬が足を踏み出しただけで、直接伝わる振動の大きさに悲鳴を上げてしまう。途中で嘶いたり首を振ったりする仕草にすら、おっかなびっくり。

「だって動くのよ」

と、あの時の私はかなり真剣に訴えたのに……。

「生き物とはそういうものでございますよ」

なんて少し離れた場所で練習を見守っていたマリアが答えた。カイルはなぜか私から顔を見せないようにして、肩を震わせていたように見えたのだけど……。笑っていたのかしら。

初めてなのだから、笑うことなんてないじゃない！　なんて勝手に彼を恨んで、見てらっしゃいと私の負けず嫌いが発動した。次に訪ねてきた時は驚くくらい上達してあげるのだから！

……と、颯爽と馬を操る私を見て、驚くカイルを頭の中で思い描いていたけれど、現実はそうもいかないようで。

――あれから3日経った今も、まだ私は馬上でただ座っている人だ。

「奥様、かなり姿勢が安定されていますよ。きちんと上達しておいでですよ」

手綱を引いているのは、当家の護衛騎士分隊長のイスラ卿。せっかくのお休みの日に雑事に付き合わせるのは気が引けたけど、「新米騎士の指導で教え慣れている」と言ってくれたので甘えさせてもらった。

確かに乗馬の練習初日は、あらゆる部分から筋肉痛が起きて大変だったわ……。生まれたての小鹿みたいに、支えがないと歩けなかったくらい。でも今はそこまで体に負担を感じてはいない。ちゃんと体を起こして前を向き、景色や馬の様子を見る余裕ができている……と思う。

周りの状況が見えるようになったのは上達の証よね。……なんて考えながら、手綱を引いてゆっくり歩いているイスラ卿のつむじを眺めてみる。無骨に感じるいつもの甲冑姿でない、ざっくりとしたリネンのシャツに濃い色のズボンとブーツ。腕まくりしたシャツから覗く逞しい腕は日に焼けていて、連日鍛え上げている成果のような筋肉や血管が隆起している。静かに過ごされているのか、あまり表に出てこないイスラ卿の休日の姿はとても新鮮。

「奥様、跨っているだけとはいえ、馬上から落ちるだけで怪我をされますよ。乗っている間は気を引き締めていてください」

ぼんやりと考え事をしているのが、ばれていたみたい。首を竦めて謝ると、きちんと前を見据えて馬の歩く振動に合わせる。ほんの少しの意識の差で、馬の方も負担が減るのだそう。

「人馬一体」が騎馬の理想なのだと、馬を引きながら教えてくれた。

……ん？　『乗馬』で終わるのよね？

我が家の騎士たちの助力のおかげで、この数日で『助けを借りずに馬に一人で跨る』という目標を達成できた。抱き上げてもらったり、踏み台がないと乗れないのでは、結局は緊急時に使えない。……と思ったので、まずはそこから！　って何度も繰り返し練習をした。

鞍にしがみ付いてじたばたしていても、じっと我慢してくれていたこの馬《こ》が、とても良い子だったのが大きいかしら。今日も美味しい人参あげるからよろしくね。

カイルが侯爵家へ再び訪れたのは、最初の日から数えて7日目のこと。

洗い替えできるように、数着乗馬服を新調した頃だった。前回は手直しをするために採寸を念入りにしてもらったので、2回目の直しは手早く済んでよかったわ。……それに心持ちウエストが緩いような。

そんなわけで今日もスタンダートな乗馬服。前を大きく切り替えた、フロックコートの背中側の裾は膝を隠すくらい長さがある。それが気になるヒップラインや、ジョッパーズズボン特有の幅広の太股部分を隠してくれている。それもあってか、タイトなジャケットも併せてすっきりしたシルエットを描いていた。腰回りには柔らかなドレープ、女性らしい丸みのあるラインに沿うために精密に仕込まれたタック。袖周りにも繊細なレースがさりげなく施され、どことなくドレスに似た印象もあった。流石王妃様のお気に入りの職人の作。

「じゃあリズ、お手をどうぞ」

この間と同じように、庭に連れてきた馬の前でカイルが手を差し出してくれる。

カイルはライトグレーの乗馬服ね。裾の短いジャケットにジョッパーズ姿、だから今日は彼も馬に乗るつもりなのかも。

なんて考えながら、カイルの申し出をやんわりと断る。一人で馬に近づき馬の鼻面を「今日もよろしくね」と、気持ちを込めてそっと撫でた。そして鞍を掴み、鐙に足をかけてから地面を蹴り上げる。浮いた身体を馬の背に乗せるようにしながら、足を向こう側に置いて鞍に跨ってみせた。

「……リズ、君って」

どう？　驚いたでしょう。

きっともう自信満々の顔で、カイルを見下ろしていたに違いない。でも私の予想に反して、彼が取った行動はこうだった。顔を真っ赤にして、そのまま顔を伏せるように馬のお腹付近に顔を埋めてしまい、こう呟いた。

「……可愛すぎるよ、これは反則だ」

そう漏らしてから、赤く染まったままの顔を隠すように俯きながら目線だけ上げて私を見る。

突然言い出すことじゃないでしょ！　もう私にも移っちゃうじゃない！

……まあ、あとで聞いたら、自信満々に向けた顔が小さな頃の私そのままだったからですって。確かに昔から不得意なことをできるようになると、真っ先に彼に見せていたものね。私って、もしかして全然成長してないの？

◆◇◆◇◆

「でも本当にすごいよ、リズ」

「……そう？　なら嬉しいわ。たくさん練習したもの」

とはいえ、まだ一人で乗れるようになっただけだけど。

「もともと君はダンスも上手だし、できると思っていたけどね」

「でもまだ自分で手綱を持って歩くこともできてないのよ？」

「大丈夫だよ、一番難しいところを覚えちゃったんだし。今だって何も言わずに歩き出したのに、君は驚きもせずに揺られているだろう？」

……そういえば。話しながらカイルは、馬の手綱を引いて庭を歩き出している。初日は歩き出すまですごい時間が必要だったたし、それこそ馬の脚が動くことまで教えてって叫んでいたわね。ゆっくりだったのもあるだろうけれど、言われるまで本当に気にも留めていなかった。

「うん、しっかり乗れているね。これなら次に進んでも大丈夫かな」

馬に揺られている私を眺めながら、庭を半周ほどしたところでカイルが告げる。次はとうとう手綱を持って馬を操る練習なのね。私にできるかしら……と、まだ残る不安を伝えようとカイルがいた場所に視線を向けた。……あれ？　いない。そう思った瞬間のこと。

「失礼するね」

本当に軽い。軽すぎる一言とそれ以上に身軽な動作で、カイルがひらりと馬の背に跨った。何をしているの？　と声を上げようとした矢先、突然増えた重みに馬が文句を言いたげに前足を大きく上げるものだから——。

「きゃあああっ」

「おっと……どうどう、いい子だ」

大きく視界が揺れ、体が浮いた。投げ出される！　と目を閉じたと同時に、背後から彼の右腕が私の体に回される。そしてしっかりホールドしたまま、もう片方の腕で手綱を掴んだ。そのまま手綱を捌き、暴れて後ろ足で立ち上がろうとした馬を難なく制してしまう。馬は前足を地面につけ、まだ不服だと言いたげに地面を数回ひづめで掻くが、すぐにおとなしくなってくれた。

「はは、ごめんよ。大丈夫？」

「……もう、いつも突然なんだから。馬って繊細なんでしょう？　丁寧に扱ってあげて」

ポクポクとゆっくり歩くひづめの音を聞きながら、後ろにいる彼へ振り向くことはせずに声を上げた。

「……全く君は、危険な目にあわされたことで詰られるかと思ったら。馬の心配の方が先なんだね」

「……だって、カイルがこんなに傍にいるのに、何が危ないの？」

そりゃあ、驚いたわよ。と続けてみたけれど……私が全幅の信頼を置いている人がこんな傍にいて、何が怖いのかと不思議そうに呟いた。

返事の代わりのように、腰に回されたままの彼の腕に力がこもる。

「オリヴィア様がね、君の歳くらいならもっとお茶やお菓子、ドレスやおしゃれの話題で忙しい時期なのに、君は仕事ばかりだと心配されていたよ。社交界の中心にいるのに心のどこかは周りの令嬢たちと少し離れた場所から眺めているみたいで」

……なんというか、達観しているように見えるってさ、と軽口めいた口調で告げた。

頂点に立たれている方の洞察力の鋭さに、ドキリとしてしまう。

「そ、それはほら、私も立場があるし。両親の影響とか、ね？　それを言うならあなただってそうでしょう？」

「まあ、年相応に感じないとはよく言われているけど。ナイジェルには子供扱いを受けてばかりだよ。たった2つしか違わないのにさ」

そして「だから僕は年相応」だと、ずいぶん無理のある結論を言い放った。

王妃様が最近お茶の席に招いてくれるのは、令嬢たちとの心の距離を案じてくださっているのかしら。乗馬に興味を持ったらしいと知って喜んでくれたとも。そのうち乗馬のお誘いもされるかもしれないわね。

「ほら、馬も落ち着いてくれたから、しっかり教えてちょうだい。手綱はどう持てばいいの？」

王妃様の前で無様な姿は見せられないから、しっかり習おうと意気込んでみる。

「……ああ、それはね。ここを持って。弛ませすぎると指示を出すのが遅れるけど、引き過ぎると歩きづらくて馬が疲れてしまうんだ」

このくらいの加減だ、と手綱を握る私の手に自分の手を添えて引く力を教えてくれた。

……早く一人で乗りこなせるようにならないと、心臓がもたないかも。

カイルと会う機会が増えて私の心臓は弾みすぎて休む暇がないけれど、最近はずっとこのままで構わないと思う自分もいて、混乱する。

◆◇◆◇◆

ひょんなことから余計に忙しく、でも賑やかな日々を過ごしていると、騎士を連れた辺境伯家の使者が訪れた。使者が運んでくれたものは、バカンスの帰り際に父にお願いしていたもの。辺境伯の全権を委任するという書状なので、流石に手紙で送るわけにいかないわよね。かなり大掛かりな人数で組まれた伝令となり、故郷から訪れた使者を歓待した。

こちらに戻ってから乗馬の練習をしているのだと、折り返し父への伝言に混ぜて伝えたら、古くから仕える辺境伯家の使用人も父のエピソードを思い出したと教えてくれた。

「さて、必要なものは揃えたわね。あとは……」

前侯爵夫妻が王都へ来られる日が、私にとっての決戦日になるだろう。

領地からあれ以来連絡が来ないことが少し気になるが、王都の知り合いに顔を合わせるためにこちらへ来るとアンドルから聞かされている。

ずっと長く王都で暮らしていたお2人なら、定期的な行事は把握されているだろう。

それならこちらに来られるのは、狩猟祭のあとかしら。せっかく来られてもご友人も森へ出かけて留守では困るものね。

家同士の婚姻契約を破棄するために必要なものは、全て揃った。私に勇気を与えてくれる人はきっと傍にいてくれるから、怖くなんてない。

「とうとう、あの夜と決別できる最初の1歩を踏み出せるのよ、エリザベス」

絶望という色に染め上げられた炎の中、あの夜の私に伝えるように呟く。

忘れることなんてできないけれど、それ以上の幸せで塗り替えられると思いたい。

そんな決意を胸に秘めた私の前に、領地からの知らせがやっと舞い込んできたのだった。

外伝　薔薇の咲く場所

これは私――エリザベス・ティア・ロッテバルトがこの世に生を受けるよりもずっと昔の出来事。
辺境の地方都市ロゼウェルから遠く離れたかの地、王都リリエンタールで結ばれた父と母、2人の物語。

◆◇◆◇◆

「ダニエル！　ダニエル・ドニ・ローズベル！　こっちだ、こっち」

王宮そばの宿に泊まるため、宿からほど近い大通り沿いにある広場の脇に作られた馬車止めへ到着した馬車。中から旅装カバンを片手に下げながら降りた私に、手を大きく振りながら声を掛ける忙しない友人へ顔を向けた。

人混みの向こうに、くすんだサンディブロンドの長身がすぐ目に入る。意図しなくても人目を惹く外見を持つ友人は相変わらず探しやすくて便利だと思いながら、手を振り続ける友人の元へと近づいた。

「エドワーズ、相変わらず騒がしいな。全く王族の君がこんなところに護衛もなしでやってくるなんて自覚が足りないいんじゃないか？」

「何を言う。事業だなんだとそればかりで、こうして王命での招集がなければ王都に足を向けない貴族らしからぬ君に言われたくないぞ」

荷物を持つ私の前に立つのは、学院時代の一つ先輩だったエドワーズ。

正式な名はエドワーズ・ソリス・ド・リリエンタール。

この王国の名を背負う正真正銘の第一王子だが、こうして護衛も連れずにふらりと友人へ会いに来る程度には自由人だ。庶民たちからも、この気さくな性格が愛され人気が高い。

学年違いの私とこうして親交を持つようになったのは、経済的な理由で学院を去らないとならなくなった学友を助けるために学生たちだけで小さな事業を起こしたことがあり、学院側と交渉する際、下級生の私たちの手助けをしてくれたことがきっかけだったか。

身軽にあちこち動き回るフットワークの軽さに、類まれなる頭の回転の早さと豊かな知識。

それを自慢すらしない謙虚な姿勢と親しい人間だけが知る腹黒さ。

そういう人間らしさを好ましいと感じながら親交を続けていたら、気付けば互いに悪友という立ち位置で卒業後も付き合いが続いていた。

まあ、学院を卒業したあとは辺境を治める父の元へ戻り、言葉通り好き勝手に事業を拡げ辺境の地にある我が領地へ引きこもった私とエドワーズの付き合いは手紙のやり取りが主になった。だが、互いの事業や情勢に対しての意見をやり取りし、海に面した辺境の田舎町をこの国初の貿易港に発展させるという生涯をかけた夢を話せるただ一人の友人であることは今も変わらない。

「王命程度なら私でなく父を寄こしたさ。ローズベル辺境伯はまだ父の名なのだから。名代として私が王都に来た理由はそんなことじゃない。友人の将来を祝うためなら命じられずとも来るに決まっている」

流石に人通りの多い広場でこの人一倍目立つ男を立たせておくわけにいかず、予約していた宿へ直行する。

宿の下男に荷物を預けてから、宿の1階に作られたレストランの個室席へエドワーズを誘って話の続きを始めることにした。

「なんだ、まだ継いでないのか？　今やローズベル辺境伯家は王国貴族の中でも頭角を現し、莫大な財を築いた資産家となった。それもほとんどがダニエル、君の功績だろう？」

没落間際だった辺境伯というには、みすぼらしささえあった名ばかりの貧乏貴族。

戦渦の中でならともかく、こうして平和な時代となると、広大な海岸線に敷く防衛線のために使う莫大な軍備費に対して疑問を投げる者も増えた。実際に国の予算も軍事に割く比率は少なくなったり、世論も諸国の政情も軍縮の方向へ舵を取った時代。平和であることに文句を言う者などいるわけもなく、長く続いた戦渦から国を発展させるために金の使いどころが変わるのもまた当たり前の話であるが、国の防衛線と位置付けられる辺境では話が変わる。

国庫で賄われていた辺境軍備予算やさまざまな補助や補填で、それなりに潤っていたように見えていた我が家も他の辺境伯同様その費用が削られた現在、身銭を切る以外選ぶ道はなく、あっという間に家の財が消えていった。

平和になろうとも軍備予算が削られようとも、海岸線が狭くなるわけでもない。物量だけの問題ならまだいいが、兵士たちには十分な練度が必要不可欠であり、訓練どころか食わせるだけでも金がかかる。しかし手を抜けば海賊が横行しはじめ、割を食うのは領民たちなのだ。

そんなわけで減ったとはいえ、それなりの額が国庫から支給される軍の運用費用があっても目新しい産業や特産物が突然湧き出すわけなどなく常にカツカツだった我が家は、一つ間違えばいつ破産の憂き目にあってもおかしくはない……そんな状況からようやく脱したというのが今現在の状況で。

「事業で動き回るのに、当主の肩書は割と邪魔なんだ。父が元気なうちは看板役をどうか頑張ってもらいたいな」

父は商人気質の私と違い、辺境軍をまとめ上げたバリバリの貴族将校。鍛え上げた体はまだしばらく天に召されることなく頑張ってくれるに違いない。

「それで婚約者も決めずに飛び回っているというわけか」

「結婚も妻も金がかかる」

特に貴族令嬢として働くことより、着飾ることをよしとする存在はいつか必要になる時が来るかもしれないが、それは今ではないと感じる。

しかし当主となれば後継者問題ともなり、そうは言ってはられないだろうから、できる限り引き延ばしたいのが本心だ。だから素直に言葉を返した。

「私のことはいいとして……君は違うだろう。エドワーズ、当日はこうして言葉を交わせるか分からないから今言わせてもらうよ。爵位授与と婚約成立おめでとう。相手は隣国の公女様だって？」

今現在は第一王子として目の前にいる男は明日、国王の名の下で開かれる式典の場で大公爵として新たな姓と伴侶を得る。

彼の母親が側室で第二王子の母親が正妃だったこともあるが、一番は彼自身が、腹違いの弟になるランディールの方が国王に相応しい気質の王太子だとして、その背を推したから。

そして継承者争いを自ら降りるという意を表すため王家から離脱し、領地を得て大公家を作り政務につく。

そんな友人の人生の中で大きな節目となる式典にさえ顔を出さないような不義理者では流石にないので、こうして父の名代を自ら買って出て王都に来たわけだ。

商才はあっても貴族らしからぬ凡庸な容姿の私は数に入れられたこともないが、容姿才能血統と全てを備えた目の前の男は年頃の娘を持つ高位貴族の間で、長年婿候補第一位だった。

……そんな男が身を固めてしまうのだから、しばらくは騒がしいことになりそうだ。

「ありがとう。爵位といえば大公領として賜《たまわ》ることになる領地だけど、君の領地の隣に王家の直轄領があるだろう？　あの辺り一帯を賜ることになりそうだから隣人としてもいい付き合いをしてほしい」

「それはまたずいぶんと遠い場所を賜るんだな。……まあ領地経営は当主本人が離れていても成り立つか」

エドワーズは王籍から抜け爵位を賜ったあと、引退間際と噂されている宰相の補佐役に納まることも決まったことは知っていたので、居住するメインの場は今と変わらずに王都なのだろう。それでも辺境地の隣の領へ足を運ぶことが増えるのなら、こうして親交を温める機会もまた増えるだろうと、学生時代の頃のまま好きなことを勝手に言い合える時間ができるのは自分にとっても喜ばしい出来事だ。

「分かった。君との話は実りあるものばかりだから、こちらも大歓迎だ。私はまた領地にこもっているだろうからぜひ領地に戻るときは知らせてくれよ」

◆◇◆◇◆

「…………なーんて言っていたのは君だったのにね、ダニエル」

「うるさい」

『僕の大公位叙爵の式典から、王都で顔を合わせるのは数えてもう何度目だい？』とダンスホールの片隅に並び合い、揶揄い口調を向けながらワイングラスを傾けるエドワーズを横目で睨む。

友人の言葉通り、あの式典から数えて6カ月。かれこれ6度目になる王都訪問だ。

時間の節約のため事業の仕事をこちらでもできるように、官僚となるため王都に在住している実弟も巻き込み管理を任せる形でタウンハウスを借り上げ、使用人も数人雇い入れた。そのおかげで訪問の度に両手に大荷物を抱えることもなくなり、身軽になったぶん足を運ぶペースも増えた……というのは言い訳にもならないか。

こうなったことにはもちろん理由があった。

軽い食事を済ませてからエドワーズが王宮に帰るのを見送ったあと、まだ日も明るい時間だったので腹ごなしもかねて王都の街を散策することにした。

通っていた学園は王都にあり、寮で生活をしていた時からたった数年で面変わりした大通りの店構えを眺めながら歩き、気になる店を見つけては内部を見学したり商談のきっかけになるかと買い物をして時間をつぶしているうちに、一つ気になる店を見つけた。

それは大通りの端、小さな一角に看板を掲げた女性向けの雑貨類を扱う店で、普段の私なら気にはなっても入ることなく通り過ぎたかもしれない。

その時は母に対してたまには孝行するかなんて気まぐれを起こし、王都での土産に何か洒落《しゃれ》たアクセサリーや品のいい小物でもあればと思い、入店した。雑貨の類なら母が気に入らなければ侍女たちにでも渡すだろうから、無駄にはならないと思ったからだ。

小さな店のようだったから、売り上げを上げるため雑貨店にありがちな並べられるだけ商品を詰め込むような雑多な内装を想像していたが、扉の奥に広がる店内は貴族相手に相応しい贅沢な空間の使い方で、選び抜かれたであろう品が並ぶ洗練された場だったことに、いい意味で騙されて驚いた。

別に売られている商品自体が少ないわけではないらしい。

店員から聞いた展示の仕方にまず感心した。色やサイズ違いなどのものは店員に言えばすぐ裏からカウンターに用意をしてくれるし、初めての客でも迷わぬよう店の在庫品を綺麗な装飾と絵で見せるカタログという冊子にまとめ、それらを持ち帰り、自宅でゆっくり検討してからでも発注できるシステムを作っていた。

広いスペースがあれば客対応の接客スペースで茶でも飲ませながら商品を選ばせることができるが、狭い店舗では流石にそうはできないからゆえの戦略なのだろう。

店頭に並ぶ品、カタログに展開している品、値段の付け方も商人なら唸り声を上げる巧みなもので、この店というより経営している人物に強い興味を抱いたのだった。

店の名はロゼ。

看板には、大きく描かれた大輪の赤い薔薇。

貴族がメインの客となる大通り以外にも店を出していると売り子に聞いたので、そちらにも足を延ばしてみると、庶民たちのにぎわう界隈に作られた店の看板は白い薔薇。

たとえ文字が読めなくても薔薇の色でどこの店の話をしているのか分かるだろう。文字を読めない者たちにとってクチコミが唯一の宣伝手段になる、そんなことも考えて店を出しているに違いない。

商品のセレクトもメインの客層の求めるものが中心となっている。

貴族の間で流行ったものが、そのまま庶民たちの間で流行るわけではない。それを分からぬまま場所も考えず出店した結果、閑古鳥に巣を作られるような店をいくつも見てきたから、この階層の人に寄り添う匙《さじ》加減は実に見事としか言いようがなかった。

式典のあとの夜会で挨拶周りを終えたエドワーズと合流したのは、夜会も終わりかけた頃。

そこで、偶然立ち寄ったロゼという店と、その店主の見事な采配を興奮気味に捲し立てたのだった。

「ダニエル、君がそんなに他の商人を気に入るなんて珍しいな。昨日の今日の話なら当人に会ったこともないのだろう？」

「ああ、大通りに店を構えているのだから、少なくとも貴族か大商会に関わる者ではないかと踏んではいるが」

王都の商人たちとあまり伝手を作っていなかったことが今さらながら悔やまれる、と漏らしたところで、エドワーズが笑い出す。

「推察は大当たりだ。ほら、あそこにいる彼女がその店の経営者だよ」

エドワーズの指先を辿り、視線を動かす。

その指先は、少し離れた場所で貴族令嬢や令息たちに囲まれながら賑やかに談笑を繰り広げる一角の中心にいる女性へ向けられていた。

視界に飛び込んできた、鮮やかに紅に色づく朝焼けのようなプラチナブロンド。

エドワーズの動きを察したように振り返った彼女の神秘的な菫《すみれ》色の瞳が弧を描き、口元を華奢《かしゃ》な扇子で隠す。

胸元に飾られた首飾りが、あの店の目玉商品として飾られていたことを思い出す。これ以上ないというほどに彼女自身が見事な広告塔。

扇に隠されたせいで余計に蠱惑《こわく》的な魅力を放ち、大輪の薔薇を連想させるコケティッシュな笑みは、もちろん隣にいる美男のエドワーズに向けられたと思ってはいたが、脳裏に焼き付くほど強烈な印象を与えてくれた。

そして近づいてきた彼女に、私は名乗る前に求婚した男として夜会の終わりを騒がすタネになったのだった。

◆◇◆◇◆

最初の告白は素気なくかわされた。

その件に対しては文句はない。もちろん自分だって、あれはちょっとどうかしていたと思っている。

年頃の女性なのだから既に婚約者がいるどころか既婚者であってもおかしくはないため、うっかりしたら家門同士の騒動になりかねないこと。かわされるどころかあの場で罵倒されて詰られたところで、甘んじて受けても仕方ないことをしたというのに不問に付してくれただけでありがたい。

しかし諦められるわけもなく、謝罪をするために彼女の家に訪問し許しを請うと共に求婚することの許可を、彼女の両親へ求めた。

「ダニエル様、次期辺境伯であるあなたの申し出は領地もない名ばかりの伯爵家にとってとてもありがたいものであります。ただ、我が娘デルフィーヌは病に伏してばかりの私の代わりに事業を起こし、こうして家族が食うに困らぬ程度の財産を築いてくれました。当主は私ではありますが、この家を支えている真の当主は娘だと思っておりますゆえ、判断も全て娘自身に任せたいのです」

「もちろんです。ここへ来たのはデルフィーヌ嬢に婚約者が既にいるのかという確認と、彼女に求婚することの許しをいただくためであり、婚約を押し切るつもりなど毛頭ありません。

……ただ、私は彼女が一層輝ける場を用意できる唯一の男だと思っています。どうかよき判断を」

「分かりましたわ、では……私が納得するまで何度でも求婚してくださいませ。私にあなたという人を知る時間をくださることくらいは要求しても構わないでしょう？」

父親の隣で彼女は艶《つや》やかな笑みを浮かべながら、私に条件を伝える。そして彼女への求婚者の一人として名を連ねることとなった。

◆◇◆◇◆

そんなわけで通算６度目の求婚のため、この場にいる。

商人気質らしい彼女から、家を通じて毎月、彼女が参加する予定の夜会の詳細が定期的に送られてくる。

彼女自身、事業の関係で多忙なこともあり他の令嬢たちより参加する頻度は少ない方で、月に一度あるかどうかの回数なのは助かったが、ロゼウェルと王都の間が馬車で片道15日かかる距離ということだけは問題だった。

そのためにロゼウェルでは私の代わりに動ける人材を育てることになり、王都でも仕事ができるようにタウンハウスを借り上げ、馬車より早いということで馬に乗って移動する術を覚えた。

書類仕事で座りっぱなし、そして理由をつけては挟み込まれる会食や酒の席、特に商人や職人相手だとかなりの量を食べさせられたり呑まされたりの日々を続けたおかげで、学生時代より腹周りだけは立派な成長を遂げた私ではあったが、馬に乗り王都まで移動するようになってから贅肉《ぜいにく》は絞られ、ずいぶんと体は引き締まった。

おかげで礼服を着こなす様も、ずいぶんとまともになった気がする。

……まあ、そんな感情もエドワーズの隣では、あっという間に霧散してしまうが。顔の造形と背丈だけはどうにもならないので、その点は潔く諦めることにした。

会場の一角が騒めき立ち、彼女の到着を知る。

手にしていたグラスをエドワーズに預け、行ってくるとだけ告げて彼女の元へと向かった。

情熱を秘めた大輪の白薔薇。まるでミューズの化身のような彼女へ近づくと、らしくもなく胸が高鳴る。

彼女の内面に溢れる才能をもっと咲き誇らせたい。彼女に相応しい舞台を私なら用意できる。そんな彼女の溢れる才を傍で見守ること。ただそれを願いながら足を踏み出し彼女の前へ立ち、6回目の求婚をするために膝をつこうとする動きを、彼女の手によって止められた。

これはもう、求婚することさえ断られたのかと混乱しかけた私へ、指先まで整えられた美しい手が差し出される。

「まずはダンスをお誘いになって？」

淑女からダンスを誘うなんて前代未聞のことですわ、と身を寄せ合った距離で彼女が囁く。

社交界に興味などなかった私はもちろんダンスも不得手ではあったが、今後のために流行りのワルツくらいは踊れるようになるべきだとエドワーズと弟に諭《さと》され、王都を訪問する度に繰り返し特訓を受けたおかげで、それなりではあるけれど見劣りはしない程度には彼女をリードできた……と思う。

そういえば、今日の彼女はいつもに比べて目線の高さが低い。高いヒールを自在に履きこなす彼女の背丈はほぼ私と変わらないはずなのに、私の目線が緩やかに下がる……私の背が伸びたのではないと思うが、もしかして。

「あ、あの……足でも痛めているのでしょうか？　おつらいようでしたら途中でやめられても構いません」

私の唐突な質問に、菫色の瞳が驚いたように丸くなった。美しいとばかり思っていた彼女の中に可愛らしい部分を一つ見つけてしまったようで、鼓動が跳ねる。

「ああ、ヒールの高い靴を履いてないから、足の不調とお思いになった……のでしょうか？」

質問を投げた理由を聞かれて頷く。私を見上げる彼女と視線が絡み続けるのに、そらすべき理由がないものだから、その視線に耐え切れず頬が熱く火照り出す。

「あなたと踊るためですわ」

「……え？」

「私の方が背が高いように見えてしまうと、あなたに恥をかかせてしまいそうで」

ヒールなしで向かい合うと、ちょうどいいバランスでしょうと笑う彼女の声。

一語一句彼女の言葉が耳に届くのに、それがあまりに私に都合のいいように響いてくるから内容が一切入ってこない。

彼女の言葉を聞いて、ダンスホールの中央で私たちは足を止めてしまう。そして突然動きを止めた私たちに会場中の視線が集まった。

「これからもあなたの隣に立ちたいのです。大切な方のためならヒールくらいいくらでも捨てましてよ」

「デルフィーヌ嬢……私の白薔薇。あなたが咲き誇るにふさわしい舞台を私の手で用意いたします。必ず幸せにいたしますから、どうか私の求婚を受け入れてください」

「――私はあなたに相応しい。白薔薇の花言葉のようにあなたの隣に相応しい者は私以外ありえないと生涯をかけて証明してみせますわ」

6度目の求婚は、生涯をかけた誓いの言葉で返された。

私たちを見守っていた観衆も、夜会の主催者も若い2人の将来を共に喜び合ってくれ、乾杯の音頭を何度も取ってはグラスの中身を飲み干し、夜会は狂乱めいた賑やかな騒ぎの熱を帯びたまま幕を閉じることとなった。……男性客の大半は憧れていた若くして資産家として名をあげた令嬢の突然の婚約成立へのやけ酒だったという話もあったが、知らないふりをすることにしよう。

そしてデルフィーヌの許しを得た私は、正式に婚約を結ぶために彼女の家を再び訪れるのだが……。

「婚約期間は半年ほどあればよいのですよね？　ならすぐに婚姻でもよろしいのではなくて？」

私が王都に通い詰めた6カ月間を婚約期間として数えましょうと言う爆弾のような発言に再び驚かされ、彼女の父親とともに再び言葉を失った。

それでも愛娘のウエディング姿を見たいというご両親の懇願を受けたことと、その後式場も無事見つかったので2カ月後にまず王都で式を挙げることになった。

彼女がロゼウェルの領屋敷へ居を移し落ち着いた頃に、向こうでもお披露目パーティーをする予定ではある。

王都の式場など半年、へたをすれば1年は予約でいっぱいのはずで空きなどめったに出ないはずなのだが、エドワーズが手配を買って出てくれたおかげで、運よく空いたらしい王都の教会のホールを押さえてくれたのだ。

王籍を離れてもコネは残るんだと、どうやら無理やりねじ込んでくれた腹黒さを惜しみなく発揮した友人に感謝をして、私たちは式の準備に取りかかったのだった。

◆◇◆◇◆

「しかし、……どうして許してくれたのですか?」

彼女のウェディングドレスのデザインはずいぶん前から懇意にしていたデザイナーの手である程度の形は作られていたため、式の日取りが決まるのとほぼ同時に仮縫いに入ったと聞いた。

お互いの進捗を報告し合うため、王都を訪れた私はデルフィーヌの家へ向かった。

そして報告を終えて2人で茶を飲んでいる最中、ふと気になっていたことを彼女に問いかける。

何度も求婚しろと言われ確かにその通りにしていたが、考えてみるとそれしかしていないのだ。……求婚以外にしたことと言えばあの夜に彼女とダンスをしたことくらいか。

その話をエドワーズと弟にしてみたら頭を抱えられたので、たぶん求婚者としては常識的な行動ではないということだろう。

「……怒らないで聞いてくださいましね？　初めて求婚された時はどなたか分からなかったので、聞かなかったことにしたのですけど」

「あ、あの時は誠に申し訳ない……」

あの店の経営者だと知った瞬間、自分でも不思議なほどの勢いで名乗りもせず彼女に求婚した。頭を下げ、おぼろげな記憶を呼び起こしながら、あまりの恥ずかしさに顔を赤らめる。

「いえ、その件は済んだことだからいいのですけど。当家を訪ねてくださった時点で私、あなたのことをよく存じておりましたの。もう、すぐにでもお返事したかったくらいにお慕《した》いしていたのですわ」

それは初耳だ。

……しかし、私はエドワーズに教えられるまで彼女のことは何も知らなかったのだが、どこかで会ったことがあるのかと記憶を探る。そんなにも分かりやすい顔をしていたのか、すぐに彼女が訂正を入れてくれた。

「ごめんなさい、私が一方的に存じあげていたということですわ。ほら、今は王都のほとんどの学院が学生事業を後援していて、その利益の大部分を経済的な理由で学園に通えなくなった生徒を支援するための基金としているでしょう？　その大本《おおもと》を作ったのはダニエル様だと伺っていましたの」

「ああ、確かに。学生の頃そんな事業を起こし学院側と交渉しました」

卒業する際に一切の権利を学院側に譲渡していたが、まさかそれが広まっているとは思いもしなかった。

それでも話の大本は私で間違いはないので、答えながら頷き返す。

「父が過去、病に伏せたことは聞いておりますでしょう？　私も基金に助けられた一人なのです。あとで基金の成り立ちを知り、どのような方が作った仕組みなのか興味を持ちました。あなたを知っていくことで商売の奥深さと楽しさを知りましたの。あの時学院をやめていたら、どうなっていたことか……」

想像すらできないと告げ、彼女は両腕で自分を抱きしめ小さく震える。

「なるほど……そうでしたか。あなたの役に立てていたのなら、これ以上喜ばしいことはありません」

「それでも半年の猶予《ゆうよ》をいただいたのは、やはり貴族社会の風潮への危機感からでした。事業が忙しいと言い訳をして19の歳になるまで婚約者も持たなかったのは、家に入れば貴族女性が働くだなんてと眉をひそめられ、内助のみを強いられることを恐れたからなのです。外の世界の楽しさを知ってしまったのに取り上げられたら、きっと耐えられませんもの」

私がそうでないという確信が欲しかった、と彼女は言った。

求婚以外で彼女に会うことはしなかったが、王都にいる間あの店へ日参していたことはしっかり知られていた。

店員たちに彼女の采配がどれだけ素晴らしいかを熱弁する様はどちらが客か分からないほどだったと、楽しげな笑みを浮かべる彼女に対して赤面するしかできない。

「あなたが私を褒める言葉のほとんどが、私の商才に対するものだったのも嬉しかったですわ。ダンスの途中、私がヒールの低い靴を履いていたことに気付いたばかりか、その理由を考えてくれ、最初の考えが私の不調を推測して心配する声だったことも」

父親の理解があったからマシだったが、男性より先んじれば女のくせにと詰られることが多かった。女は結婚して家の中で過ごすものだという圧力に負けるものかと必死だった……と、彼女は続ける。

「着飾るだけの添え物としての私の価値しか言葉にしない男性ばかりの中、外面でない部分を最初から見ていてくれたのはあなただけでしたの。私も聞きたいのですけど……咲かせたいのは私の才ですのね？」

「もちろんです。あなたのその才を咲かせるには、王都だけでは狭すぎる。この大陸、いや海を越えた先にもあなたの才は咲き誇るはずです。それが叶えられる舞台を、私なら用意することができるとも」

そう、海軍は何も侵略し戦争を仕掛けるためだけに存在するものではない。

海岸線や海路を見張り、船の安全を見守る存在にもなりえる。

貿易港を作ろうと海上の安全が保障されなければ、新たな交易路として商人たちを呼び寄せることは不可能に違いない。大陸で一番安全な貿易港を目指す。王都一の海軍を持つ我が辺境伯家なら、それがきっと可能なのだ。

武力の時代は過ぎた。それはありがたいことだ。ならば、私は経済という武器でこの国を守れるのではないかとも思うのだ。

「用意される舞台だけで満足する女だと思わないでくださいまし。あなたの隣へ並び立つに相応しいパートナーとして咲いていたいのですから」

ロゼウェルへ居を移したら最初に港を見せてくださいましね、とワクワク顔で告げる彼女に私も笑みで答えた。

薔薇の名を掲げる故郷に相応しい、美しく咲き誇るだろう私の白薔薇と共に歩む未来を夢見て、今夜は語り明かそう。

◆◇◆◇◆

突然の婚約成立に対して、騒動は信奉者だらけの彼女の方には起きるだろうと、そちらだけ警戒して自身のことには鷹揚に構えていたのだが、私の知らぬ場所で騒動の小さな種が芽生えていたようだ。

まだ祖父が騎士団長として健在で、父も祖父の下で騎士として関わっていた戦乱の時代。隣の領地の家門である伯爵家の次男が騎士として入隊した。その騎士は優秀な男でいくつもの功績を挙げ、戦いの中、団長であった親子ほど年の離れた祖父と不思議に馬が合ったらしく親しくなった。

戦いも次第に収まり、平和の種火が見え始めた頃、その騎士の兄である伯爵家の後継者が病に倒れたため、次代として指名されたその男は、騎士団を退役して実家に戻り家督を継いだ。

その後も祖父との親交は続いていたようで時折書簡のやり取りをしていることは父も知っていたようだが、酒の席でどうやら互いの孫と子を婚約させようという話を父抜きでしていたことに関しては、父は露ほども知らなかったそうだ。

その孫というのはどうやら私のことで、伯爵家の末娘との婚約を進めていたことを私が学院へと入る直前、父も知ったという。

既に祖父は隠居の身であり、その話が真実であったとしても、現当主と後継者という当事者2人が知る由《よし》もなかった約束事。それゆえ、知った時点で断りを入れてもよかったのだが、末娘自体が辺境へ嫁ぐことを嫌がっている話を聞いていた父は、両者の気が合うようなら婚約を形にしようという話を持ち掛けることで向こう側の体裁を考慮した形でうやむやにしようとしたらしく、私は最近になるまでその話自体知らぬままだった。

やたらと隣の領に住まう親族でもない親子が押しかけて来るな……と、王都の学院から帰省する度に思ってはいたが、社交に興味がなかったこと、そしてその親子を父の客として認識していたため、何も関係ない存在だと思っていた。私は帰省したところで家にはほぼ居つくこともせず街中を駆け回っていたため、親子の思惑を知ることなく日々を過ごしていた。

その伯爵家の末娘にとっての不幸は、私の容姿が凡庸で女の気配も一切なく仕事にかまけて婚約者を作らずにいたことにより、あの話は破棄されぬまま現状を維持され、辺境伯家の女主人の座は末娘のために空いているものだと親子して思い込んだままでいたことか。

辺境の地に嫁ぐのは嫌だと言っていた割に乗り気だったのかと父は驚いていたが、後々になって聞いてみたところ、私の築いた財を使い王都に豪華な居を構え、辺境伯夫人として王都で社交に励むつもりでいたという都合のいい話を聞いて呆れていたものだ。

私の知らぬところで、武力時代の置き土産は煮凝《にこご》りのようにゆっくり固まり形を成していく。

王都での式の仕度がだいたい片付いた頃。今後、王都への訪問時はデルフィーヌの実家の屋敷を使わせてもらえることになったこともあり、今までタウンハウスとして借り上げていた家を弟の名義で買い上げ、そのまま住み続けてほしいと託した。

王宮から歩いて通える距離で王宮官吏を目指すのなら便利な立地に違いなく、それなりの部屋数もある家なので所帯を持っても住み続けることは可能だろうし、目抜き通りの物件なので必要がないのなら売りさばくなり貸すなり財産の一部として持っているのも、損にはならないだろう。

初めのうちはせめて名義だけでも私のものとして家賃を支払わせてほしいと物件の譲渡を固辞された。だが、デルフィーヌへの求婚のために忙しなく王都への訪問を繰り返していた頃、家の管理から仕事上の連絡や手配などのサポートに加え、社交界や女性の心に疎《うと》い私へ心を砕いて助言をしてくれたことへの感謝は言葉に尽くしがたく、こんな形でしか表現できない私を理解してくれた弟が最後は折れて受け取ってもらえたのでおおむね満足していた……だが、この物件がまた弟の人生を変化させてしまう原因になるとは知る由もなく――。

私とデルフィーヌは、ないも同然な短い婚約期間――彼女が言うには半年の期間を経て正式な夫婦として、王都の教会で友人たちの見守る中、婚姻の儀式を終えた。

貴族同士の婚姻なので教会へ王家から婚姻許可証が運ばれ、神の御前で永遠の愛を誓い合うものだが、証書を運んでくださったのは最近宰相位を引き継いだばかりの私の最も親しい友人の弟君にあたるランディール王太子殿下だった。その流れで王太子殿下と宰相閣下両名が列席し祝福された私たちの婚姻に不服を唱えるものなど出てくるわけもなく、無事に彼女と生涯を共に歩む権利を手にしたのだった。

◆◇◆◇◆

「あなた！　これはどういうことです。こんな不当な婚姻、私は決して認めませんわ」

「そうですわ、お父様、お兄様！　私が、私こそが辺境伯夫人になるのだと言ってくださっていたじゃないですか」

私とデルフィーヌの婚姻の知らせはひと月遅れで辺境の地にも伝わり、小さな騒動が我が家で起きていた。

この国で唯一、私たちの婚姻に対して不服を唱える家があったのだ。

そして祖父を介して父へ抗議をしたのだが、『両者の気が合うようなら』正式に進める話であり、伯爵夫妻は末娘を連れては頻繁に我が家を訪ねに来てはいたが、学院を卒業し辺境へ戻って来た私とは会話一つしたことがないまま互いに知らぬ者同士だったため、話自体まだ始まってもいないと逆に抗議をし返されたという。

それでも父母の話を聞き、他を探すのなら辺境伯以上の高位貴族でないと嫌だと言っていた末娘も気付けば19歳。

訳アリでもないのにデルフィーヌと同い年——当に適齢期を過ぎてしまった伯爵家の末娘を今さら娶《めと》ってくれる家門など、すぐに見つかるわけもなく。

きちんと断らなかったという父側の落ち度も多少はあるということで、最終的に伯爵家の末娘を弟の婚約者として迎えることで両家の話は収まったという。

こうした少しずつ選び間違えた小さな選択肢が、どんな未来を生み出すかは、あの頃は知る術などなく、弟の婚約を何も知らずに祝っていた馬鹿な兄だったと今は反省している。

◆◇◆◇◆

あの騒動から少しして、カイルとお酒を飲んでいたお父様は珍しく深酒をなさったようで、様子を見に行った時にはすっかり泥酔されていて、介抱している最中に語ってくれた昔話。

お2人にロマンスなどあるわけがないとか思っていた不甲斐ない娘で本当にごめんなさい。

あれ？　そうなると恋愛経験値が一番低いのは……。

あとがき

お久しぶりの方も初めましての方も、高槻和衣と申します。

まさかの2巻です。

絶望令嬢の書籍化のお話をいただいた時は小説の執筆を始めたばかりで、まさかの書籍化だったのですが、まさかが続いて2巻の刊行となりました（別出版社からですが、こちらもまさかのコミカライズのお話もいただきまして、現在絶賛連載中です）

そして生みの苦しみを味わいました。初体験です。頭の中が出涸らしになる経験ってめったにできないことでは……と地獄の中での貴重な感覚を得ましたが、再現はしたくないですね。

1巻時点でまったく離婚に舵を切ってなかったのでこのままではタイトル詐欺と思われてしまうのではという焦りがかなりありましたが、2巻になりましてとうとうエリザベスさん踏み出してくれました。良かった。タイトル回収できそうです。

エリザベスとカイルの仲が遅々として進まないのに、周りにカップルが増えていくのはご愛敬ですね。もともと予定のあったカップルもあれば、お話の中でこの方向に舵を切るべきだと突然思い至ってできたカップルもいたりします。

両片思いのじれじれオーラは周りをカップルに染め上げる効果でもあるのですかね。

2巻の書き下ろしはエリザベスのパパとママの馴れ初めです。パパ弟の受難の始まりのような気もしますが……。

リズパパとママの話は私の両親の話が発想元になっています。シチュエーションとかではないですが、子供の目には昭和初期の絵にかいたような亭主関白な夫婦に映っていたのですよ。

知人の紹介でのお見合い結婚。私の目には家族的な情は見えても、好いた惚れたな感情って見た記憶がなかったので淡白な関係だったのかな、とか漠然と思っていました。母が他界して暫くたってから、父が思い出しては取り留めなく母の話をしてくれるようになりました。その次第に……次第に、母ののろけ話が多くなってきて、あ、この人たち普通に恋愛してくっついたんだなぁ……って。勝手にお見合いだしドライな関係なんやろなとか思っていてすいません。

そんなわけで娘の視点では恋愛感情のない仕事面のパートナーのような関係に見えていたパパは世紀の大恋愛していました、という過去話へのインスピレーションをいただいた次第です。この本が無事出版されたころには誕生日を迎えてもう一つ年齢が足されていると思いますが、人間的に成長したなと思える日は来るのだろうかと遠い目になってしまうこの頃です。

今回も拙作に彩りを加えてくださった白谷ゆう先生、励ましてくださいながら進まない原稿を待ってくださった担当K様。本当にありがとうございました。

次世代型コンテンツポータルサイト

ツギクル https://www.tugikuru.jp/

「ツギクル」はWeb発クリエイターの活躍が珍しくなくなった流れを背景に、作家などを目指すクリエイターに最新のIT技術による環境を提供し、Web上での創作活動を支援するサービスです。

作品を投稿あるいは登録することで、アクセス数などの人気指標がランキングで表示されるほか、作品の構成要素、特徴、類似作品情報、文章の読みやすさなど、AIを活用した作品分析を行うことができます。

今後も登録作品からの書籍化を行っていく予定です。

ツギクルAI分析結果

「絶望令嬢の華麗なる離婚2 ～幼馴染の大公閣下の溺愛が止まらないのです～」のジャンル構成は、ファンタジーに続いて、恋愛、歴史・時代、SF、ミステリー、ホラー、現代文学、青春の順番に要素が多い結果となりました。

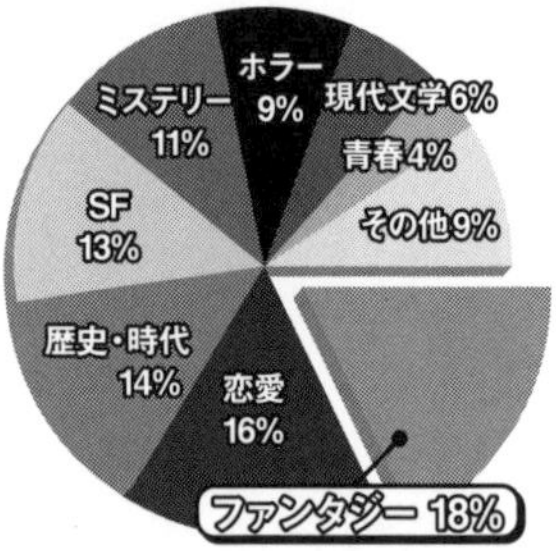

期間限定SS配信

絶望令嬢の華麗なる離婚 2 ～幼馴染の大公閣下の溺愛が止まらないのです～

右記のQRコードを読み込むと、「絶望令嬢の華麗なる離婚2 ～幼馴染の大公閣下の溺愛が止まらないのです～」のスペシャルストーリーを楽しむことができます。ぜひアクセスしてください。

キャンペーン期間は2023年9月10日までとなっております。

人質生活から始めるスローライフ 1~2
著 小賀いちご
イラスト 結城リカ
異世界キッチンから幼女ご飯
優しさ溢れる人質生活
竹書房「WEB コミックガンマぷらす」にて
コミカライズ好評連載中!

優しい家族と、たくさんのもふもふに囲まれて。
～異世界で幸せに暮らします～
vol.
1~8
「がうがうモンスター」にてコミカライズ好評連載中！
著／ありぽん
イラスト／Tobi
もふもふたちのいる異世界は優しさにあふれています！

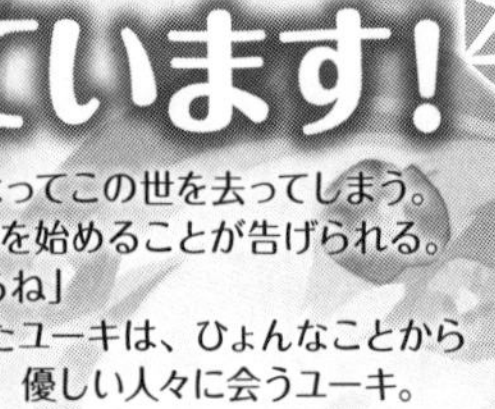

追放聖女の
どろんこ農園生活
～いつのまにか隣国を救ってしまいました～
著 よどら文鳥
イラスト 縹ヨツバ
とんでも農園は今日も
大収穫!

王妃になる予定でしたが、
偽聖女の汚名を着せられたので
逃亡したら、
皇太子に溺愛されました。
そちらもどうぞお幸せに。
1~3
著：糸加
イラスト：はま
「がうがうモンスター」でコミカライズ好評連載中！
恋愛奥手な皇太子さま、溺愛しすぎです！

異世界に
転移したら山の中だった。
反動で強さよりも快適さを選びました。
1～10
著▲じゃがバター
イラスト▲岩崎美奈子
「」カクヨム
書籍化作品
「カクヨム」総合ランキング
累計1位
獲得の人気作
（2022/4/1時点）
2023年5月、
最新11巻発売予定！
勇者には極力
近づきません！
『コミック アース・スター』で
コミカライズ
好評連載中！
花火の場所取りをしている最中、突然、神による勇者召喚に巻き込まれ
異世界に転移してしまった迅。巻き込まれた代償として、神から複数の
チートスキルと家などのアイテムをもらう。目指すは、一緒に召喚された姉
（勇者）とかかわることなく、安全で快適な生活を送ること。
果たして迅は、精霊や魔物が跋扈する異世界で快適な生活を満喫できるのか──。
精霊たちとまったり生活を満喫する異世界ファンタジー、開幕！
定価1,320円（本体1,200円＋税10%）　ISBN978-4-8156-0573-5
「カクヨム」は株式会社KADOKAWAの登録商標です。
ツギクルブックス
https://books.tugikuru.jp/

2023年4月、
最新14巻
発売予定！
もふもふを知らなかったら人生の半分は無駄にしていた
1〜13
著／ひつじのはね
イラスト／戸部淑
冒険あり、癒しあり、笑いあり、涙あり
もふもふたちに囲まれた
異世界スローライフ！
魂の修復のために異世界に転生したユータ。異世界で再スタートすると、
ユータの素直で可愛らしい様子に周りの大人たちはメロメロ。おまけに妖精たちがやってきて、
魔法を教えてもらえることに。いろんなチートを身につけて、目指せ最強への道？？
いえいえ、目指すはもふもふたちと過ごす、
穏やかで厳しい田舎ライフです！
転生少年ともふもふが織りなす
異世界ファンタジー、開幕！
定価1,320円（本体1,200円＋税10%）　ISBN978-4-8156-0334-2
ツギクルブックス
https://books.tugikuru.jp/

─奈落の底で生活して早三年、
当時『白魔道士』だった私は
著 tani
イラスト れんた
『聖魔女』1~4
になっていた
実を言うと私、3年ほど前から
ダンジョンの最下層で暮らしてます!
コミカライズ企画進行中!
幼馴染みで結成したパーティーから戦力外通告を受け、ダンジョン内で
囮として取り残された白魔道士リリィ。強い魔物と遭遇して、
命からがら逃げ延びるも奈落の底へ転落してしまう。そこから早三年。
『聖魔女』という謎の上位職業となったリリィは、奈落の底からの脱出を試みる。
これは周りから『聖女』と呼ばれ崇められたり、
『魔女』と恐れらたりする、聖魔女リリィの冒険物語。
1巻:定価1,320円(本体1,200円+税10%) ISBN978-4-8156-1049-4
2巻:定価1,320円(本体1,200円+税10%) ISBN978-4-8156-1463-8
3巻:定価1,430円(本体1,300円+税10%) ISBN978-4-8156-1655-7
4巻:定価1,430円(本体1,300円+税10%) ISBN978-4-8156-1814-8
ツギクルブックス
https://books.tugikuru.jp/

お荷物令嬢は
覚醒して王国の民を
守りたい!
著・暮田呉子
イラスト・woonak
従順なお嬢様は卒業です!

婚約破棄23回の冷血貴公子は
田舎のポンコツ令嬢にふりまわされる
著・玉川玉子
イラスト・みつなり都
24番目のお相手は……
今日もマイペースです！
侯爵家の一人息子アドニスは、顔よし、頭よし、家柄よしのキラキラ貴公子。
ただ、性格の悪さゆえに23回も婚約を破棄されていた。
もうこれ以上婚約破棄されないようにと、24番目のお相手はあえて貧しい田舎貴族の令嬢が選ばれた。
やってきた令嬢オフィーリアは想像を上回るポンコツさで、数々の失敗を繰り返しつつも皆にとってかけがえのない存在になっていく。
頑ななアドニスの心にもいつの間にか住み着いて……。
ポンコツ令嬢の頑張りが冷血侯爵の息子の心を掴んでいくハッピーエンドロマンス！
コミカライズ好評連載中！
定価1,320円（本体1,200円＋税10%）　ISBN978-4-8156-1761-5
ツギクルブックス
https://books.tugikuru.jp/

出ていけ、と言われたので出ていきます
1~3
著
枝豆ずんだ
イラスト
アオイ冬子
緑川明
婚約破棄を言い渡されたので、
その日のうちに荷物まとめて出発！
猫と一緒に
二人(?)旅を楽しみます！
イヴェッタ・シェイク・スピア伯爵令嬢は、卒業式後のパーティで婚約者であるウィリアム王子から突然婚約破棄を突き付けられた。自分の代わりに愛らしい男爵令嬢が殿下の結婚相手となるらしい。先代国王から命じられているはずの神殿へのお役目はどうするのだろうか。あぁ、なるほど。王族の婚約者の立場だけ奪われて、神殿に一生奉公し続けろということか。「よし、言われた通りに、出て行こう」
これは、その日のうちに荷物をまとめて国境を越えたイヴェッタの冒険物語。
定価1,320円（本体1,200円＋税10％）ISBN978-4-8156-1067-8
ツギクルブックス
https://books.tugikuru.jp/

追放聖女の
勝ち上がりライフ
著：まゆらん
イラスト：とぐろなす
追放されたら……
偽聖女から大聖女!?
コミカライズ
「ヤングキングラムダ」で
好評連載中！
グラス森討伐隊で働く聖女シーナは、婚約者である第三王子にお気に入りの侯爵令嬢を虐めたという理由で婚約破棄＆追放を言い渡される。
その瞬間、突然、前世で日本人であった記憶を思い出す。
自分が搾取されていたことに気づいたシーナは喜んで婚約破棄を受け入れ、可愛い侍女キリのみを供に、魔物が蔓延るグラス森に一歩踏み出した——
虐げられていた追放聖女がその気もないのに何となく勝ち上がっていく
異世界転生ファンタジー、開幕！
定価1,320円（本体1,200円＋税10%） ISBN978-4-8156-1657-1
ツギクルブックス
https://books.tugikuru.jp/

聖剣令嬢の
華麗なる推し活
〜愛する騎士は私が全力で守ります〜
著✦長月おと
イラスト✦ののまろ
華麗なる推し事《お仕事》
それは聖剣使い!?
コミカライズ
企画進行中!
『推し』、それは乙女にとって最も尊く、憧れの存在。「私の推し……クライヴ様は本日もなんて素敵なのでしょう」クランベル王国の大貴族――モルガー公爵家の末娘アリスは、ふたつ年上の近衛騎士候補を眺めて静かに呟いた。クライヴはアリスの幼馴染で、モルガー公爵家の隣に住むレイラン子爵家の次男。彼は、王宮の中でも最難関と言われる近衛騎士の試験合格を目指し、現在はレイラン家の庭で自主練習の身だ。屋敷が隣同士ということもあり、アリスは頻繁にレイラン子爵家に出入りしていた。
そんなある日、クライヴが突然訪問してきて、「魔物討伐のためにしばらく会えない」と告げられる。推しのクライヴが前線で命を落とすかもしれない。そうした事態にいてもたってもいられなくなったアリスが神に祈りを捧げると――。
定価1,320円(本体1,200円+税10%) ISBN978-4-8156-1602-1

ブサ猫に変えられた気弱令嬢ですが、
最恐の軍人公爵に拾われて気絶寸前です
著 岡達英茉
イラスト 日下コウ
猫で、幸せ!!
コミカライズ企画進行中!
子爵家の長女として生まれたマリー。母は生後すぐに亡くなり、父は再婚。再婚相手の子、義妹のエミリアは美人で明るく社交的だ。マリーは劣等感を抱きながら少女時代を過ごした。そこに、無慈悲で最強と言われる元帥のメルク公爵との婚約話が持ちあがる。けれども、噂ではかなり暴力的な性格で、家には愛人が４人もいるらしい。結婚したくないとマリーが落ち込んでいると、部屋に義妹のエミリアが突然やってくる。「冴えない性格に平凡顔で、みっともないお姉様」そう言った妹の手から放たれた眩しい光に全身が包まれると、斑模様のとても太った猫になってしまった。
マリーは命がけで妹から逃げて――
ブサ猫になってしまった令嬢と冷酷無比で最強と言われる元帥のファンタジー系ラブロマンス、いまスタート！
定価1,320円（本体1,200円＋税10％）
ISBN978-4-8156-1537-6
ツギクルブックス
https://books.tugikuru.jp/

ツギクルブックス

愛読者アンケートに回答してカバーイラストをダウンロード！

愛読者アンケートや本書に関するご意見、高槻和衣先生、白谷ゆう先生へのファンレターは、下記のURLまたは右のQRコードよりアクセスしてください。

アンケートにご回答いただくとカバーイラストの画像データがダウンロードできますので、壁紙などでご使用ください。

https://books.tugikuru.jp/q/202303/zetsuboureijo2.html

本書は、「小説家になろう」（https://syosetu.com/）に掲載された作品を加筆・改稿のうえ書籍化したものです。

絶望令嬢《ぜつぼうれいじょう》の華麗《かれい》なる離婚《りこん》2
～幼馴染《おさななじみ》の大公閣下《たいこうかっか》の溺愛《できあい》が止《と》まらないのです～

2023年3月25日　初版第1刷発行

著者　高槻和衣《たかつきかずい》

発行人　宇草 亮
発行所　ツギクル株式会社
〒106-0032　東京都港区六本木2-4-5
TEL 03-5549-1184
発売元　SBクリエイティブ株式会社
〒106-0032　東京都港区六本木2-4-5
TEL 03-5549-1201

イラスト　白谷ゆう
装丁　ツギクル株式会社

印刷・製本　中央精版印刷株式会社

ISBN978-4-8156-1917-6
Printed in Japan